DUMONT

Sommer 1912. Marie, Kindermädchen im Haushalt Arthur Schnitzlers, wird zum ersten Mal in ihrem Leben das Meer sehen: Die Familie des großen Dramatikers fährt in die Sommerfrische auf die kroatische Insel Brioni. Kurz darauf liegen in Maries Leben wieder einmal großes Glück und großes Leid nah beieinander: Sie hat sich mit dem Buchhändler Oskar verlobt, ist überglücklich – und muss als bald verheiratete Frau die geliebten Kinder der Schnitzlers verlassen.

Das Paar heiratet im Sommer 1913. Oskar führt die Buchhandlung in der Währinger Straße nun allein, und Marie versucht, ihm so viel wie möglich zu helfen. Doch sie scheut den Kontakt zu den belesenen Kunden. Der Traum, irgendwann eine richtige Buchhändlerin zu werden, scheint ihr völlig absurd.

Aber zunächst bringt das Jahr 1914 ganz andere Veränderungen: Marie wird Mutter, und nur wenige Monate später, mitten im letzten Sommer der Belle Époque, befindet sich die Welt plötzlich in Aufruhr. Am 28. Juni 1914 wird der österreichische Thronfolger in Sarajevo ermordet, und der Erste Weltkrieg stellt alles infrage, was bisher sicher schien …

petra hartlieb

SOMMER IN WIEN

ROMAN

DUMONT

Von Petra Hartlieb sind bei DuMont außerdem erschienen:

Meine wundervolle Buchhandlung
Weihnachten in der wundervollen Buchhandlung
Wenn es Frühling wird in Wien

FSC
www.fsc.org
MIX
Papier aus verantwortungsvollen Quellen
FSC® C083411

Mai 2021
DuMont Buchverlag, Köln

Umschlaggestaltung: Lübbeke Naumann Thoben, Köln
Umschlagabbildung: © 123RF – Alexander Sidorov
Satz: Angelika Kudella
Gesetzt aus der Sabon
Druck und Verarbeitung: CPI books GmbH, Leck
Gedruckt auf säurefreiem und chlorfrei gebleichtem Papier
Printed in Germany
ISBN 978-3-8321-6581-9

www.dumont-buchverlag.de

Juli 1912

MARIE STAND AM STRAND, ein paar Meter vom Wasser entfernt, und konnte den Blick nicht abwenden. Minutenlang bewegte sie sich nicht und schaute zum Horizont. Das Wort »endlos« kam ihr in den Sinn, und da erinnerte sie sich an einen Moment in ihrer Kindheit. Sie war sieben oder acht Jahre alt gewesen und hatte das erste Mal mit den Eltern und den Geschwistern die Christmette in der weit entfernten Kirche besucht. An der Hand ihrer Mutter war die kleine Marie spät in der Nacht durch den Schnee gestapft. Drei Tage vor Weihnachten hatte es zu schneien begonnen, alles war weiß, und ein heller Mond ließ die Felder strahlen. Es war bitterkalt. Irgendwann blieb Marie stehen, legte den Kopf in den Nacken und blickte starr nach oben, und je länger sie schaute, desto mehr Sterne wurden es, und der Himmel war so groß, dass ihr ganz schwindlig wurde. Damals hatte sie das erste Mal das Wort »endlos« gedacht, sie konnte sich noch gut daran erinnern. Sie wunderte sich, dass sie dieses Wort schon gekannt hatte, war ihre Welt doch um so vieles kleiner gewesen, als sie es heute war.

Man konnte nicht erkennen, wo das Wasser aufhörte und der Himmel anfing. Was war wohl auf der anderen Seite des Wassers? Amerika? Afrika? Marie versuchte, sich an die Landkarte zu erinnern, die Herr Stock ihnen in dem großen Buch in der Buchhandlung gezeigt hatte. Sie würde Heini fragen, der wusste es bestimmt. Lachen würde er und sich freuen, dass er wieder einmal klüger war als sie, und Marie würde stolz auf ihn sein, als wäre er ihr eigener Sohn.

Heini und Lili waren wie ausgewechselt, seit sie am Meer waren. Wie junge, ausgelassene Hunde tobten sie über den Strand. Sie hatten die Schuhe ausgezogen, plantschten mit den Füßen im Wasser, und Lili versuchte, über die kleinen Wellenkämme zu hüpfen.

»Geht nicht so weit rein, Kinder! Ihr macht euch schmutzig.«

Maries Rufe verhallten ungehört, und sie hoffte, dass sie die nassen Kinder unbemerkt an der gnädigen Frau vorbeischmuggeln konnte, um sie fürs Mittagessen umzuziehen.

Besonders Heini erweckte den Anschein, als wäre ein großes Gewicht von seinen Schultern genommen. Er wirkte viel jünger als noch vor ein paar Wochen, seine Augen leuchteten, und Marie war froh, ihn so glücklich zu sehen. Anfang Juni hatte die schriftliche Aufnahmeprüfung für das Gymnasium stattgefunden, und obwohl er ein guter Schüler war, war er sehr aufgeregt gewesen.

»Und wenn ich es nicht schaffe?«, hatte er immer wieder gefragt. Besonders das Rechnen fiel ihm schwer, wusste Marie. Und dass es für seine Eltern selbstverständlich war, dass der Bub aufs Gymnasium gehen würde, machte die Sache für ihn nicht leichter. Ein paarmal, kurz bevor er sein Nachtlicht ausschalten und schlafen sollte, rief er Marie an sein Bett und sagte: »Wenn ich es nicht schaffe, dann ist der Vater ganz enttäuscht und die Mutter bös auf mich.«

»Aber Heini! Wie kommst denn nur auf die Idee? Warum sollst du es nicht schaffen? Du bist doch so ein gescheiter Bub! Wenn du nicht aufs Gymnasium gehst, wer denn dann?«

»Glaubst du?«

»Aber sicher. Und jetzt schlaf.«

»Warst du auch auf dem Gymnasium?«

»Ich?« Marie lachte. »Nein, du Dummerchen. Bei uns gab es kein Gymnasium. Ich musste schon arbeiten, wie ich so alt war wie du.«

»Ich muss aber auch arbeiten. Rechnen und schreiben und Gedichte auswendig lernen. Und Klavier üben muss ich auch noch.«

»Ja, das stimmt. Du musst auch arbeiten. Und jetzt schlaf gut, mein Lieber.«

»Und, Marie?«

»Ja, Heini?«

»Ich hab's dir schon so oft gesagt: Es heißt nicht ›wie‹. Du musst sagen: ›*als* ich so alt war wie du‹.«

»Das lern ich nie. Und du schlafst jetzt!«

Natürlich hatte er es geschafft – gleich im ersten Anlauf und ohne zusätzliche mündliche Prüfung. Doch noch Tage nach der Prüfung wirkte Heinrich erschöpft und müde und konnte sich gar nicht so recht über seinen Erfolg freuen.

Ein wenig blühte er auf, als ihm die Eltern mitteilten, er würde für eine Woche mit ihnen nach Vöslau fahren.

»Der Onkel Julius hat Geburtstag«, erzählte er Marie. »Und ich darf mit. Ich wohne bei Tante Helene und meinen Cousins. Und die Lili bleibt da. Die ist zu klein.«

»Bin nicht klein!«, empörte sich Lili prompt und stampfte zornig mit dem Fuß auf. Wütende Tränen traten ihr in die Augen. Gelassenheit war nicht ihre größte Stärke.

»Ja, aber weißt du, die Eltern wohnen im Hotel und ich bei Tante Helene. Und die Marie darf auch nicht mit. Deswegen musst du dableiben. Aber danach fahren wir ja alle zusammen in den Urlaub.«

»Ich auch?« Lili sah den großen Bruder erwartungsvoll an.

»Jetzt erzähl doch deiner Schwester keine Geschichten.« Marie blickte Heini streng an.

»Ja, natürlich, du auch. Wir fahren doch ans Meer! Der Vater hat's gesagt. Weißt du das noch nicht? Wir alle! Vater, Mutter, Lili, du und ich.« Heini war richtig laut geworden.

»Das weiß ich nicht. Jetzt beruhig dich doch mal! Wann denn?«

Heini legte den Kopf schief, runzelte die Stirn und sah ein wenig aus, als machte er sich Sorgen, dass der versprochene Urlaub vielleicht doch nicht stattfinden würde, weil Marie von nichts wusste. »Na, in den Ferien. Wir fahren ans Meer. Gaaaanz lange! Auf eine Insel, da kommt man nur mit dem Schiff hin. Und wir wohnen im Hotel, und die Insel gehört einem Mann, den kennt der Vater, und wir werden meinen zehnten Geburtstag da feiern.«

»Und wer sagt dir, dass ich mitkommen werde?«

»Na, du musst mitkommen. Du bist doch unser Fräulein! Wer soll denn sonst auf uns aufpassen? Also auf mich muss man ja nicht mehr aufpassen, aber auf die Lili.«

»Also zu mir hat keiner was gesagt, bis jetzt. Und jetzt packen wir deine Sachen für Vöslau.«

»Frag mal die Anna, die weiß bestimmt, ob du mitfährst. Sicher fährst du mit! Und außerdem mag ich gar nicht so gerne nach Vöslau. Hans und Karl sind schon fast erwachsen, die reden eh nicht viel mit mir, und die Elly ist ein dummes, kleines Mädchen.«

Den ganzen Nachmittag überlegte Marie, ob sie wohl den Herrn Doktor auf diesen Urlaub ansprechen sollte, vielleicht bildete der Heini sich da etwas ein oder es war sonst irgendein Missverständnis. Sie konnten doch nicht einfach so weit weg fahren, ohne ihr das vorher zu sagen? Schließlich fragte sie die Köchin, und die sagte lachend: »Ja sicher, Herzchen! Die brauchen dich doch da.«

Als Heinrich mit den Eltern nach Vöslau abreiste, fühlte sich Marie geradezu erleichtert. Die Herrschaften waren weg, nur Lili blieb in ihrer Obhut, und auch wenn die Kleine sehr lebhaft, ja manchmal geradezu anstrengend war, hatte Marie doch bedeutend mehr Freiheiten, wenn sie nur das eine Kind beaufsichtigen musste. Sie verwöhnte die Kleine: Marie erlaubte ihr, in der Früh im Schlafanzug zu trödeln, am Abend durfte sie länger aufbleiben, und Anna kochte nur Dinge, die Lili sich wünschte.

Die ganze Zeit überlegte Marie, ob sie es wagen sollte, zu Oskar in die Buchhandlung zu gehen. Schließlich wollte sie nicht, dass die Herrschaften dachten, sie würde ihre Abwesenheit für amouröse Verabredungen ausnutzen – besonders der gnädigen Frau war die Bekanntschaft zwischen dem jungen Buchhändler und ihrem Kindermädchen ein Dorn im Auge. Und nachdem die kleine Lili die Buchhandlung liebte und ihrem Oskar seit einem gemeinsamen Zoobesuch sehr zugetan war, war Marie sicher, dass die fast Dreijährige ihren Eltern bei deren Rückkehr brühwarm erzählen würde, dass sie in der Buchhandlung gewesen seien. Also ließ sie es lieber bleiben, ging mit Lili in den Türkenschanzpark und auf der Währinger Straße Kuchen essen. An der Buchhandlung ging sie bei diesen Gelegenheiten rasch vorbei und warf nur einen kurzen Blick durch die Schaufenster. Doch Oskar war nirgendwo zu sehen. Vielleicht konnte sie ja noch ein paar Besorgungen machen, wenn Heini mit den Eltern wieder da war, dann würde sie Oskar vor der Abreise auf diese Insel noch kurz sprechen. Ansonsten würde sie ihm in jedem Fall einen Brief schreiben.

Und tatsächlich – nach ihrer Rückkehr aus Vöslau hatte die gnädige Frau glücklicherweise eine ganze Liste mit Erledigungen, die Marie übernehmen sollte: Die Kleidung der Kinder musste in Ordnung gebracht werden, für die kleine Lili sollte sie einen Badeanzug besorgen und noch einiges mehr. Die beiden waren so aufgeregt, dass Marie sie nur schwer bändigen konnte.

»Hast du auch einen Schwimmanzug, Marie?« Lili sprach seit Tagen von nichts anderem als von ihrem neuen Badeanzug und davon, wie sie damit ins Wasser springen würde. »Wie ein Fisch werde ich dann schwimmen, Marie. Schau, so!« Und dann hüpfte sie vom Canapé auf den Teppich und bewegte die kleinen Arme und Beine wie ein Frosch.

»Ich? Nein, ich habe keinen Badeanzug. Ich brauch auch gar keinen. Ich geh sicher nicht ins Wasser.« Allein beim Gedanken, in so ein Meer zu steigen, wurde Marie schon ganz flau im Magen.

»Lili, warum bist schon wieder so wild! So benimmt sich keine feine Dame, steh sofort vom Boden auf.« Die gnädige Frau war unbemerkt ins Kinderzimmer getreten, Marie hatte sie nicht kommen gehört und zog das sich sträubende Mädchen rasch vom Teppich hoch.

»Aber ich übe doch schwimmen! Schau mal, Mama, wie ich schon schwimmen kann!«

Olga Schnitzler zog eine Augenbraue hoch und beachtete das Kind nicht weiter. Zu Marie gewandt sagte sie: »Marie, gehen Sie bitte mit den Kindern auf die Währinger Straße. Sie müssen beide zum Friseur, dann besorgen Sie den Badeanzug für Lili. Ah ja, und bitte noch zu Herrn Stock in die Buchhandlung. Der gnädige Herr hat etwas bestellt, und Heini darf sich noch zwei Bücher aussuchen. Er braucht Lesestoff für die Ferien.«

»Sehr wohl, gnädige Frau.« Marie versuchte, sich ihre Freude nicht anmerken zu lassen. Wie schön, dass sie noch einmal in die Buchhandlung gehen konnte! So hatte sie Gelegenheit, sich von Oskar verabschieden zu können.

Nachdem ihr Anna eine Einkaufsliste gegeben und der Doktor ihr das Geld überreicht hatte – nicht ohne sie zu ermahnen, auf das Wechselgeld zu achten –, zogen sie endlich los. Die Kinder plapperten in einem fort und steckten Marie mit ihrer guten Laune regelrecht an. Es war kaum vorstellbar, dass die kleine Lili im Frisiersalon auch nur fünf Minuten stillsitzen würde.

Also plante Marie, erst den Badeanzug zu besorgen, dann in die Buchhandlung und zum Greißler zu gehen und erst danach den Friseurbesuch zu absolvieren. So waren die Kinder vielleicht schon ein wenig müde und ließen sich in Ruhe die Haare schneiden.

Lili war so vernarrt in ihr neues, blau-weiß geringeltes Badekostüm, dass Marie sie nur mit großer Mühe davon überzeugen konnte, es nicht sofort anzuziehen und so die restlichen Besorgungen zu erledigen. Erst als Heini zu ihr sagte, sie solle sich nicht wie ein Baby benehmen und so etwas dürfe man nur zum Baden anziehen, lenkte sie ein.

»Jö, das Fräulein Marie. Welche Ehre! Und die bezaubernden Kinder. Guten Tag, gnädiger Herr, grüß Gott, Fräulein Lili.« Herr Stock kam hinter dem Tresen hervor und verneigte sich lachend vor Marie und den Kindern. Ihr war es ein wenig unangenehm, doch die beiden liebten die Vorstellung und spielten gerne mit. Heini stellte sich vor den Buchhändler, warf sich in Pose wie ein feiner Herr und sagte: »Der Herr Papa hat Bücher bestellt. Die würden wir gerne abholen. Schnitzler wär der Name.«

»Der Herr Schnitzler, na, dann schauen wir mal. Und brauchen Sie denn auch noch neue Lektüre?«

»Ja, sehr gerne. Ich hätte gerne wieder einen neuen Band von Karl May.«

Während Herr Stock mit dem neunjährigen Heinrich höflich Konversation führte, hielt Lili Maries Hand fest und kicherte. Sie war Herrn Stock gegenüber immer ein wenig schüchtern, obwohl das eigentlich sonst nicht ihre Art war. Doch plötzlich riss sie sich los und hüpfte lachend durch die Buchhandlung: Aus dem Hinterzimmer war Oskar getreten, der längst die Stimmen der neuen Kunden erkannt hatte. Marie blieb stehen und sah zu, wie die Kleine ihn begrüßte. Seit ihrem gemeinsamen

Ausflug in die Menagerie vor ein paar Wochen hatte Lili ständig von Oskar gesprochen und gefragt, wann sie ihn denn wiedersehe und ob sie ihn nicht einmal einladen könnten. Marie war das sehr unangenehm, vor allem, wenn die Herrschaften in der Nähe waren; sie versuchte Lili dann immer zu bremsen. Doch nun freute sie sich am Anblick des fröhlichen kleinen Mädchens, und wenn sie Oskar dabei zusah, wie er in die Knie ging, sich dem Kind zuwandte und es schließlich hochhob, musste sie vor Rührung schlucken. Auf einem Arm hielt er Lili, den anderen streckte er Marie entgegen und strahlte sie an: »Das freut mich aber, dass ihr mich besuchen kommt. Was verschafft mir die Ehre?«

»Wir holen etwas ab. Und dann wollen wir uns verabschieden. Wir fahren auf Urlaub.« Marie sprach den Satz zögernd, als könnte sie es selbst nicht glauben.

»Wer fährt in den Urlaub?«, fragte Oskar etwas verwirrt und stellte Lili wieder auf den Boden.

»Na wir! Mama und Papa und Marie und ich!«, rief Heini, der gerade nach hinten gekommen war.

»Wirklich? Das ist ja toll! Und ihr dürft mit?«, fragte Oskar und sah dabei nur Marie an. Die nickte etwas verlegen mit dem Kopf.

»Du hast mich vergessen! Ich darf auch mit auf Urlaub!«, sagte Lili trotzig und stampfte mit den Füßen auf.

»Wo fahrt ihr denn hin?«

»Ja, Lili, du darfst auch mit. Wir fahren ans Meer … irgendwo in den Süden …«, sagte Marie, doch Heini unterbrach sie ungeduldig: »Ans Meer. Auf eine Insel. Die gehört einem Freund von Papa!«

»Wir fahren mit dem Zug!«, fiel Lili wiederum ihrem Bruder ins Wort.

»Mit dem Zug? Auf eine Insel?« Oskar lachte. »Wie soll das denn gehen?«

»Nein, die Lili ist dumm. Wir fahren erst mit dem Zug und dann mit einem Schiff«, stellte Heini klar.

Da wurde Marie erst bewusst, dass man nur mithilfe eines Schiffes auf eine Insel gelangen konnte. Sie würde auf ein Schiff steigen müssen und damit übers Meer – wie sagte man – schwimmen? Fahren?

»Wie heißt denn die Insel, Marie? Wohin fahrt ihr denn?«

»Ich hab den Namen vergessen …«, sagte Marie und wurde rot.

Heini schaute sie triumphierend an. »Aber ich weiß den Namen! Brioni! Die Insel heißt Brioni.«

»Na, dann schauen wir doch gleich mal, wo das ist.« Friedrich Stock war zu ihnen getreten und zog aus einem der unteren Regale einen großen, schwarzen Atlas. Er blätterte ein wenig hin und her, dann legte er das Buch aufgeschlagen vor sie hin. Natürlich fand Heini es als Erster. Aufgeregt tippte er mit dem Finger auf einen kleinen braungrünen Fleck, umgeben von blauer Farbe.

»Schau mal, Lili. Das Blaue da, das ist das Meer. Und da fahren wir mit dem Schiff drüber. Und hier, hier ist die Insel. Da werden wir wohnen.« Die Kinder drängten sich vor dem Buch, und Friedrich Stock nickte Oskar und Marie zu: »Geht's doch mal kurz nach hinten ins Büro. Der Oskar muss noch was fertig machen, und die Marie kann ihm helfen.«

»Ich auch helfen!«, rief Lili begeistert und wollte schon loslaufen.

»Nein, nein. Du bleibst schön bei mir, junge Dame. Komm, wir schauen mal, ob wir für dich auch noch ein Buch für die Ferien finden.« Stock nahm Lili bei der Hand und führte sie in die kleine Kinderabteilung.

»Weißt du, wie lange ihr wegbleibt?«, fragte Oskar Marie leise, als sie außer Hörweite waren.

Marie lehnte sich an den mit Papieren und Büchern vollgeräumten Schreibtisch und antwortete: »Ich weiß es nicht genau. Zwei oder drei Wochen sicher. Heini hat gesagt, die Eltern hätten ihm versprochen, seinen Geburtstag auf der Insel zu feiern. Der ist am 9. August.«

»Das wird dir gefallen! Wirst sehen, du wirst gar nicht wiederkommen wollen!«, sagte Oskar und sah sie dabei an, als wünschte er sich, dass sie ihm widersprechen würde.

Ganz bestimmt will ich wiederkommen, dachte Marie, sagte dann aber: »Warst du schon einmal am Meer?«

»Ich? Nein.«

»Aber ich fürcht mich schon recht vor dem Schifffahren«, platzte es aus ihr heraus.

»Das musst du nicht. Es ist sicher ein kleines Schiff. Und die Strecke ist kurz.«

Sie schwiegen beide, blickten sich einen langen Moment in die Augen, und Marie wusste, dass Oskar, genau wie sie, an Fanni Gold dachte. Die junge Frau war eine Bekannte von Oskar und wäre vor wenigen Wochen beinahe das Opfer einer schrecklichen Schiffskatastrophe geworden. Es war ein Wunder, dass sie den Untergang des großen Ozeandampfers tatsächlich überlebt hatte. Und obwohl Marie diese Fanni nicht kannte, musste sie seitdem oft an sie denken. »Weißt du was Neues von der Fanni?«

»Nein. Sie ist wohl immer noch in New York und lebt da bei ihrem Onkel. Ich hab die Golds vor Kurzem besucht, da hat Herr Gold erzählt, dass er sich für nächste Woche eine Schiffspassage kaufen wird. Er will nach Amerika, um sie nach Hause zu holen. Aber er fürchtet, sie wird sich weigern, auf das Schiff zu steigen.«

»Das versteh ich. Ich würde an ihrer Stelle auch auf keines mehr gehen.«

»Aber wenn sie zurückwill nach Wien, gibt es leider keine andere Möglichkeit.«

Wär gar nicht so schlecht, wenn sie in Amerika bliebe. Dieser Gedanke blitzte kurz in Marie auf, und sofort schämte sie sich dafür.

»Was denkst du gerade?« Oskar war ein bisschen näher an sie herangetreten und berührte vorsichtig ihre Hand.

»Ich weiß auch nicht. Dass wir uns dann so lange nicht sehen werden.« Marie hörte sich den Satz aussprechen und war selbst erstaunt über ihren Mut.

»Ja, aber du darfst dafür in den Urlaub fahren. Und ich muss arbeiten. Schreibst du mir?«

»Ja. Ich schreib dir. Aber ich kann gar nicht gut schreiben.« Marie hatte in ihrem kurzen Leben noch nicht viele Briefe geschrieben. Ein paar an ihre Eltern in der alten Heimat, aber nachdem alle unbeantwortet geblieben waren, hatte sie es irgendwann aufgegeben.

»Du erzählst mir einfach jeden Tag, was du erlebt hast. Beschreibst mir den Himmel und das Meer und schickst mir ein paar Sandkörner.« Oskar sah sie verträumt an. »Ich möcht auch mal mit dir ans Meer.«

»Ja, das wär schön. Ich will aber lieber in die Berge. Ich mag das Wasser nicht so gern. Vor allem, wenn es so groß ist.«

»Ja, wenn du wiederkommst, dann machen wir eine Wanderung. Auf den Schneeberg. Das ist ein richtig hoher Berg.«

»Gut, das machen wir.«

»Warte, wir schauen noch mal, was im Baedeker über Brioni steht. Da: Ihr fahrt mit dem Motorboot von Pola. Schau, da steht's: *Von Pola mit dem Motorboot mehrmals täglich vom Molo Elisabetta in 3/4 Stunden für 1 Krone. Brioni Grande, die größte der Inseln, ist mit immergrünen Parkanlagen, bewaldeten Hügeln, Wiesen und Weingärten bedeckt. An der Ostseite Brioni, mit Hafen und den Gasthäusern, im Frühling und Herbst wegen des milden Klimas, im Sommer als Seebad besucht.* Hach, wie gerne würde ich mitfahren.«

»Dann fahr doch mit! Wir fragen Vater einfach, ob du mitfahren kannst.« Heinrich war unbemerkt ins Büro getreten, und sein Gesicht strahlte vor Begeisterung über die gute Idee.

»Nein, Heini, das geht nicht. Weißt du, ein Kindermädchen braucht ihr, wenn ihr verreist. Aber keinen Buchhändler. Außerdem muss ich hier arbeiten. Herr Stock kann doch nicht so lange ohne mich.«

»Ja, eh. Aber du bist doch auch unser Freund. Nicht nur unser Buchhändler.«

»Heini, du bist lieb! Weißt, was? Wenn ihr wieder zurück seid, dann machen wir eine Wanderung. Nur du und die Marie und ich. Wie findest du das?«

»Gut. Ich kann lange gehen. Ich geh ganz viel spazieren mit dem Vater.«

»Das ist hervorragend. Ich will nämlich auf einen richtigen Berg.«

NUN FUHR SIE ALSO in den Urlaub, die Marie. Wie aufgeregt sie war, er verstand das gut, das wäre er wohl auch. Sie hatte wirklich großes Glück mit der Familie Schnitzler, nicht viele Mädchen konnten in so jungen Jahren ans Meer reisen. Doch es war auch ein wenig befremdlich, dass die Herrschaften einfach vergessen hatten, Marie über die bevorstehende Reise zu informieren, dachte Oskar.

Er studierte noch einmal genau den Atlas, prägte sich die Lage der Insel ein, gerade so, als wäre er Marie in den nächsten Wochen näher, wenn er nur genau wusste, wo dieses Brioni lag. Abreise war in vier Tagen, er hatte also nicht mehr viel Zeit, das zu erledigen, worüber er schon seit Längerem nachdachte. Am Mittwoch hatte Marie Geburtstag, zweiundzwanzig Jahre alt würde sie werden. Und obwohl sie das Datum nur mal beiläufig erwähnt hatte, hatte Oskar es sich sofort eingeprägt und schon länger überlegt, was er ihr schenken könnte. Sein Budget war bescheiden, aber für ein paar Blumen und ein Buch würde es reichen. Und vielleicht gab ihm Herr Stock einen kleinen Vorschuss auf sein Gehalt, dann könnte er ihr noch einen leichten Strohhut für die Reise besorgen.

»Was meinst du? Welches Buch soll Marie als Nächstes lesen?«

Herr Stock sah von der Buchhaltung auf und lachte: »Na, du hast dir ja fest vorgenommen, das Mädel zu einer gebildeten Frau heranzuziehen. Gut so.«

»Ja, die beiden *Heidi*-Bände hat sie verschlungen.«

»Gib ihr Thomas Mann. *Tonio Kröger.*«

»Das ist viel zu dramatisch. Ich glaube, das ist nichts für ein junges Fräulein.«

»*Peter Pan?*«

»Da wird im zweiten Teil nur mehr gekämpft.«

»Na, du bist aber kritisch. Roseggers *Waldbauernbub*?«

»Ich weiß nicht ... ein bisserl fad.«

Jetzt grinste Friedrich Stock ihn nur mehr schief an.

»Was hältst du von *Bergkristall*?«

»Ja, warum nicht? Ist nicht langweilig und nicht so dick, und es geht gut aus.«

Oskar holte das kleine Bändchen aus dem Regal und verpackte es sorgfältig. Stock sah ihm amüsiert zu.

»Meinst du, ich kann da hingehen und ihr Blumen bringen?«

»Ich weiß es nicht. Aber ich würde es riskieren. Vielleicht hast du ja Glück und ihre Herrschaften sind eh nicht zu Hause.«

»Ja, dann geh ich morgen nach der Arbeit rauf.« Oskar zögerte, gab sich dann aber einen Ruck und sagte: »Du, Friedrich? Könnte ich einen kleinen Vorschuss auf den Lohn bekommen? Dann kann ich noch ein kleines Geschenk kaufen.«

Am nächsten Tag eilte Oskar in der Mittagspause ins Blumengeschäft, kaufte ein hübsches Sträußchen und ging beim Handschuh-Peter vorbei, denn dort gab es eine riesige Auswahl an Damenhüten. Oskar fühlte sich sehr seltsam, als ihn die ältliche Verkäuferin ausfragte, um seinen Wunsch nach einem »Sommerhut für ein Mädchen« etwas zu spezifizieren.

»Na ja, nicht zu groß und nicht recht mondän. Es ist ein einfaches Fräulein. Aber sie fährt ans Meer, und da braucht man doch einen Hut, oder?«

»Ja sicher. Mit der Sonne im Süden ist nicht zu spaßen. So ein Hut schützt vor Sonnenstich und Sonnenbrand. Wie wär's mit dem hier?« Die Verkäuferin hielt ihm einen kleinen Strohhut mit einem schmalen hellblauen Band hin und schaute ihn erwartungsvoll an.

Der Hut überschritt Oskars Budget bei Weitem, er nahm ihn trotzdem. Dann gab es halt in den nächsten zwei Wochen keinen Theaterbesuch, und man konnte schließlich auch mal eine Zeit lang von Kartoffeln leben.

Ganz aufgeregt war er, als er am Abend die Sternwartestraße hinaufging. In der einen Hand hielt er den kleinen Blumenstrauß, in der anderen den Hut, den die Verkäuferin in ein dünnes Seidenpapier eingewickelt hatte. Das Buch hatte er unter den Arm geklemmt. Er klingelte und Sophie, das Dienstmädchen, öffnete die Tür.

»Guten Abend. Die Herrschaften sind schon zu Tisch. Sie wünschen?«

Sophie tat immer, als würde sie ihn nicht erkennen, als wäre er ein feiner Herr, der dem Herrn Doktor seine Aufwartung machte. Gut, ein, zwei Mal war er ja auch schon in Arthur Schnitzlers Arbeitszimmer gewesen. Der von ihm verehrte Dichter hatte ihn hereingebeten, als er ein Buch geliefert hatte.

»Ich wollte nur etwas abgeben, für die Marie.«

Sophie starrte neugierig auf den Blumenstrauß in seinen Händen. »Ich weiß nicht, ob das jetzt passend ist. Sie ist mit den Kindern gerade nach oben gegangen.«

»Ich verstehe. Na ja, dann könnten Sie ihr das vielleicht geben. Mit den besten Grüßen von mir.«

Sophie merkte wohl, wie enttäuscht Oskar war. Sie zögerte kurz und öffnete die Tür ein bisschen weiter. »Einen Augenblick, ich schaue nach, ob sie kurz kommen kann. Wollen Sie inzwischen so lange hier warten?«

»Wenn es keine Umstände macht.«

Oskar stand in der kleinen Diele und wusste nicht, wohin mit seinen Händen, er legte das Päckchen mit dem Buch auf den kleinen Tisch und den eingewickelten Hut, der ihm nun viel zu groß, ja geradezu peinlich vorkam, darauf. Den Blumenstrauß hielt er verlegen in den Händen.

Da öffnete sich die Tür des Salons, er hörte laute Stimmen, und plötzlich stand der Herr Doktor Schnitzler vor ihm. Am liebsten hätte sich Oskar irgendwohin verkrochen, doch es war zu spät. Der Doktor hatte ihn längst gesehen und kam mit ausgestreckter Hand auf ihn zu. »Ja, wen haben wir denn da zu so später Stunde? Der Buchhändler? Hab ich etwas bestellt und vergessen abzuholen? Kommen Sie doch rein, Herr …, wie war doch gleich der Name?«

»Nowak. Oskar Nowak. Einen schönen guten Abend, Herr Doktor. Ich wollte nicht stören, ich sehe, Sie haben Besuch.«

»Ach, Sie stören nicht. Es ist nur mein Bruder mit seiner Frau und unser Nachbar. Wir sprechen über unseren bevorstehenden Urlaub. Ach, da fällt mir ein, wir könnten noch einen Reiseführer brauchen. Haben Sie einen lagernd? Oder ein Buch über Brioni?«

»Ja, haben wir sicher. Ich kann morgen nachschauen und Ihnen etwas schicken lassen. Ich darf mich empfehlen, Herr Doktor. Meine Verehrung! Ich wünsche noch einen schönen Abend und einen erholsamen Urlaub.«

»Ja, warum verlassen Sie uns denn schon? Kommen Sie doch kurz herein. Ein Buchhändler ist immer willkommen.« Und schon schob er Oskar durch die offene Tür in den Salon.

»Wir haben noch einen Gast! Meine Lieben, das ist ein fleißiger Buchhändler, Herr Nowak. Es ist der Gehilfe vom Stock unten in der Währinger Straße.«

»Teilhaber. Ich bin inzwischen Kompagnon von Herrn Stock. Entschuldigen Sie bitte die Störung, ich wollte …« Da bemerkte Oskar erst, dass er noch immer den Blumenstrauß in den Händen hielt und ihn alle ein wenig verwundert anschauten.

»Bitte schön, darf ich vorstellen: Meine Schwägerin Helene,

meine Gattin kennen Sie ja schon.« Von hinten war Sophie herangetreten und nahm Oskar ohne großes Aufsehen die Blumen ab.

»Guten Abend, meine Damen. Ich ersuche Sie höflichst, die Störung zu entschuldigen.«

»Ach, Sie stören uns nicht. Darf ich Ihnen noch meinen Bruder vorstellen und Herrn Schmidl? Er ist Textilfabrikant und ein lieber Freund und Nachbar.«

»Guten Abend. ›Buchhandlung Stock‹ sagten Sie? Sehr gut! Da hab ich schon meine Schulbücher gekauft, und meine Tochter Hansi liebt Ihr Geschäft. Wenn es nach ihr ginge, würde sie den ganzen Tag nur lesen.«

»Na, das ist nicht schlecht für uns Buchhändler«, lachte Oskar und ignorierte den Stuhl, den Herr Schnitzler ihm bereitgestellt hatte. »Ich darf mich wieder empfehlen, meine Herrschaften. Gnädige Frau ...« Er verneigte sich kurz vor Olga Schnitzler. Die Runde schaute ihn erstaunt an. »Ja, was führte Sie denn jetzt wirklich zu uns?«, unterbrach Arthur Schnitzler das kurze Schweigen.

»Ich wollte etwas für die Marie abgeben.«

»Marie? Hier gibt's keine Marie.« Schnitzler sah sich verwirrt im Raum um.

»Arthur, er meint das Kindermädchen.« Olga war aufgestanden; es entstand eine unangenehme Stille.

»Wirklich? Meinen Sie das Kindermädchen?«

»Ja. Ich meine Marie Haidinger«, sagte Oskar eine Spur zu forsch. Er merkte, wie der Ärger in ihm hochstieg. »Ihr Kindermädchen, die Marie, hat heute Geburtstag. Und nachdem wir befreundet sind, wollte ich ihr ein kleines Geschenk vorbeibringen. Ich entschuldige mich noch einmal für die bedauerliche Störung. Ich darf mich empfehlen.« Oskar wandte sich zur Tür und ging hinaus, ohne sich noch einmal umzudrehen. Sophie schloss die Tür leise hinter ihm, und da sah er Marie oben am Treppenabsatz stehen. Sie blickte ihn erschrocken an und sagte leise: »Was machst du da?«

»Du hast heute Geburtstag, und ich hab dir ein Geschenk gebracht.« Oskar blickte zwischen dem Geschenk in seinen Händen und Marie auf dem Treppenabsatz hin und her und war plötzlich furchtbar nervös. Vielleicht hatte er sich das alles nur eingebildet? »Ich glaube, ich geh jetzt besser.«

»Ja, ich glaub auch.« Marie hatte sich keine Stufe nach unten bewegt. »Oskar?«

»Ja?«

»Ich danke dir.«

»Wofür?«

»Na, dass du an meinen Geburtstag gedacht hast.« Ein Lächeln huschte über ihr Gesicht.

»Sehr gerne. Daran wirst du dich jetzt gewöhnen müssen.« Oskar legte das eingepackte Buch und den Hut auf die untere Treppenstufe und blickte sich suchend um. Sophie stand lächelnd mit dem Blumenstrauß in der Küchentür.

»Ah ja. Die Blumen sind auch für dich.«

»Danke. Sie sind wunderschön. Ich hab noch nie Blumen geschenkt bekommen.«

»Na, dann wird's ja Zeit! Leb wohl. Schönen Urlaub. Vergiss mich nicht! Und schreib mir.«

»Ja, mach ich. Und nein, ich vergess dich nicht. Sicher nicht.«

Oskar musste sich zusammennehmen, um nicht die Sternwartestraße hinunterzuhüpfen, so glücklich war er plötzlich. Wie sie ihn angelächelt hatte … Sie hatte wohl nur Sorge gehabt, dass die Herrschaften aus dem Salon kommen würden, deswegen war sie so distanziert gewesen. Aber wenn er an ihren Blick dachte, dann wusste er, dass er sich das alles keineswegs einbildete.

FÜR DIE KINDER WAR ES jedes Mal eine große Aufregung, wenn sie mit ihren Eltern verreisen durften. Das war schließlich nicht so oft der Fall, und besonders Heini war immer recht beleidigt, wenn er mit der Köchin, Marie und seiner kleinen Schwester zurückbleiben musste, weil die Eltern wieder einmal allein auf Reisen gingen. Und das kam sehr häufig vor. Arthur Schnitzler fuhr oft nach Berlin, wo er wichtige Termine am Theater hatte und andere Schriftsteller traf. Oder das Ehepaar besuchte die Schwester in München, fuhr für ein paar Tage zur Erholung auf den Semmering oder nach Salzburg. Marie konnte sich dieses ständige Reisen gar nicht vorstellen. Das Packen musste doch recht mühsam sein, und es käme ihr seltsam vor, immer in fremden Betten zu übernachten. Die einzige Reise, die sie jemals angetreten hatte, war beschwerlich und abenteuerlich gewesen. Damals, sie war erst fünfzehn gewesen, war sie von einem Bauernhof, auf dem sie als Magd hatte arbeiten sollen, geflohen und hatte sich auf die lange Reise nach Wien gemacht. Viele Kilometer war sie zu Fuß gegangen, manchmal konnte sie mit einem Pferdefuhrwerk mitfahren, und die letzten Stunden fuhr sie mit dem Zug, doch genießen konnte sie die Fahrt nicht, zu unheimlich war ihr dieses laute, große Ding, das so schnell fuhr, dass die Landschaft nur so an ihr vorbeisauste.

Die Anreise nach Brioni war lang und beschwerlich. Sie fuhren mit dem Nachtzug, Marie teilte sich mit den Kindern ein Coupé, und Lili war so aufgeregt, dass sie erst gegen elf Uhr einschlief, allerdings um fünf Uhr morgens schon wieder wach war. Marie hatte allergrößte Mühe, das Kind davon abzuhalten, das Abteil zu verlassen, um auf dem Seitengang hin und her zu laufen. Heini war ein wenig ruhiger, aber auch er war früh wach. Sein Buch lag ungelesen in seinem Schoß, so gebannt starrte er auf die vorbeiziehende Landschaft. Dementsprechend müde und schlecht gelaunt waren die beiden, als sie endlich in Pola den Zug verließen, um an Bord des Schiffes zu gehen, das sie auf die Insel bringen sollte.

Die Luft war warm und es roch fremd – ein bisschen nach Fisch und Salz. Und auch das Licht war ganz anders als zu Hause, irgendwie wärmer und zugleich strahlender. Ein Gepäckträger brachte ihre Koffer vom Bahnhof zur Schiffsanlegestelle, und sie fuhren die kurze Strecke mit dem Automobil. Es war viel wärmer als in Wien, obwohl der Wind so stark wehte, dass die Damen ihre Hüte festbinden mussten. Marie erschrak, als sie sich der Kaimauer näherten. Die Wellen schlugen mit voller Kraft fast bis auf den Ponton, das vertäute Schiff hob und senkte sich und drohte immer wieder gegen die Mauer zu krachen. Um nichts in der Welt wollte sie da rauf. Allein der Gedanke, dass zwischen ihr und diesem endlosen Wasser lediglich ein paar Holzbretter waren, ließ ihr Herz bis zum Hals klopfen. Eine Planke verband das Schiff mit dem Kai, und mit großer Mühe beluden die Gepäckträger das schwankende Schiff. Heini war begeistert, er war kaum davon abzuhalten, über die Holzplanke zu balancieren, und erst als sein Vater ein Machtwort sprach, setzte sich der Bub auf einen der Eisenpoller, an denen das Schiff festgebunden war, und wartete, bis sie an der Reihe waren. Marie bemerkte, dass Lili das Ganze ängstlich beobachtete, sie lugte nur ein wenig hinter Maries Rockschößen hervor. Als der Herr Doktor sagte, Marie solle mit den Kindern nun an Bord gehen und aufpassen, dass niemand ins Wasser falle, nahm Marie Heini bei der Hand und Lili auf den Arm. Sie näherte sich zaghaft der Planke. Da begann Lili auf ihrem Arm heftig zu strampeln, sie brüllte wie am Spieß und schlug um sich. Marie stellte die Kleine wieder auf den Boden und sah sich ratlos um. Lili lief sofort zu ihrem Vater, versteckte sich zwischen seinen Beinen, und allmählich ging das heftige Schreien in leises Schluchzen über.

»Schau, Lili. Du willst doch auch Urlaub machen. Auf der schönen Insel, oder?« Arthur Schnitzler hatte sich zu seiner Tochter gekniet und legte zärtlich seinen Arm um sie.

»Ja.« Ihre sonst so kräftige Stimme war ganz leise.

»Siehst du, mein Engel. Deswegen müssen wir jetzt auf das Schiff gehen. Das bringt uns auf die Insel.«

»Ich mag aber nicht.«

»Aber du magst auf die Insel?«

»Ja.«

»Leider können wir noch nicht fliegen. Wenn du groß bist, dann wirst du eine Pilotin, und wir fliegen mit dir auf die Insel.«

Das fand Lili lustig, sie wischte sich die Tränen ab, Marie kam schnell mit einem Taschentuch. Dann lächelte die Kleine ihren Papa an. »Ja, ich will fliegen.«

»Wenn du groß bist, kannst du fliegen. Aber jetzt fahren wir mit dem Schiff.«

»Frauen können gar nicht fliegen.« Heini war aufgesprungen und zu ihnen getreten. Immer, wenn der Vater sich so intensiv mit der kleinen Schwester beschäftigte, dauerte es nicht lange, bis Heinrich dazukam.

»Frauen können sicher auch einmal fliegen. Frauen können ja auch Auto fahren, und jetzt wollen sie sogar wählen. Da können sie sicher auch mal ein Flugzeug steuern. So, meine Herrschaften, jetzt geht ihr schön vorsichtig da über den Steg, sonst fährt das Schiff noch ohne uns.«

Widerstandslos ließ das Kind sich nun von Marie auf den Arm nehmen und über die Holzplanke tragen. Und Marie riss sich zusammen, obwohl sie eine Riesenangst hatte. Sie hielt Lili fest umschlungen, und mit der freien Hand klammerte sie sich an den Arm, der ihr von einem der Seeleute gereicht wurde. Dann holte sie tief Luft und ging langsam und zögernd über die schwankende Planke. Sie blickte nicht links und nicht rechts und starrte auf Heinis schmalen Rücken, der mit sicherem Schritt vor ihr ging. Sie würde das schaffen, sie hatte schon so viel geschafft, und schließlich hatte sie die Verantwortung für diese beiden Kinder.

An Bord musste Lili dann wieder ein bisschen weinen, es schaukelte wirklich gewaltig, und immer wenn der Bug vorne ins Wasser tauchte, spritzten die Wellen bis aufs Deck. »Ich will das nicht. Marie, mach, dass das nicht so schaukelt«, sagte sie immer wieder und klammerte sich an ihr Kindermädchen. Marie konnte sie gut verstehen, ständig musste sie an das viele Wasser unter ihnen denken, und natürlich fiel ihr auch Fanni ein. Fanni, die damals mit dem riesigen Schiff gesunken war und wie durch ein Wunder überlebt hatte. Sie versuchte, sich ihre Furcht nicht anmerken zu lassen, tat, als wäre das alles ein großer Spaß, schließlich musste sie verhindern, dass Lili erneut einen hysterischen Anfall bekam.

Zum Glück dauerte die Überfahrt nicht lange, und als sie auf Brioni anlegten, hatte sich der Wind etwas gelegt, Lili war auf Maries Arm eingeschlafen. Das Hotel, in dem sie alle untergebracht waren, war nicht weit. Sie schaffte es, das schlafende Kind bis zum Hotelbett zu tragen, ohne es aufzuwecken. Heini allerdings musste sie ständig ermahnen, nicht zu laut zu sein und sich noch ein bisschen zu gedulden. Nein, er durfte nicht alleine zum Strand gehen, und ja, er musste warten, bis seine kleine Schwester wieder aufgewacht war und außerdem würde ihm ein kleines Schläfchen auch nicht schaden. Gerade als sie ihn so weit hatte, sich ein wenig hinzulegen und in seinem Buch zu lesen, damit sie endlich die Koffer der

Kinder auspacken konnte, kam der gnädige Herr und holte Heini für einen kleinen Spaziergang ab. Marie war froh, so konnte sie sich auch noch ein wenig von den Strapazen der Reise erholen.

Lieber Oskar,
es ist schon spät, und die Kinder schlafen. Vergib mir bitte meine unleserliche Schrift, ich schreibe hier im Kerzenschein, weil ich mir mit den Kindern ein Zimmer teile. Die Anreise war sehr anstrengend, also das Zugfahren ging noch, aber als wir dann alle auf das kleine Schiff mussten, hab ich es recht mit der Angst zu tun bekommen. Nur der Heini war sehr mutig, ihm konnten die Wellen gar nicht groß genug sein. Ich hab mich dann aber sehr zusammengerissen, denn die Lili hatte so große Angst, da wollte ich mit gutem Beispiel vorangehen.
Das Hotel hier ist unglaublich. Groß und mondän und so viele Zimmer, wahrscheinlich werde ich mich schrecklich verlaufen. Obwohl unseres hintenraus liegt, höre ich die ganze Zeit das Meer rauschen. Es sind sehr hohe Wellen, und auch der Wind war heute Morgen recht stark. Der Herr Doktor hat dem Heini erklärt, dass das hier ein ganz spezieller Wind ist, den man Bora nennt. Er hört aber angeblich morgen auf. Morgen werde ich mit den Kindern an den Strand gehen. Du, sag mal, welches Land liegt auf der anderen Seite vom Meer?
Ich hoffe, es geht Dir gut und Du musst nicht so viel arbeiten. Mit dem Buch, das Du mir geschenkt hast, habe ich noch nicht begonnen, Lili hat mich im Zug ganz schön auf Trab gehalten. Ich hoffe, morgen wird es ruhiger hier.

Auch wenn ich alles sehr aufregend finde, bin ich schon auch glücklich, dass ich so eine Reise unternehmen kann.
Es grüßt Dich recht herzlich

Deine Marie

Lange hatte sie überlegt, ob sie »Deine Marie« unter die Zeilen setzen konnte, und als es dann da stand, fand sie es passend und schön. Sie stellte sich Oskar vor, wie er sich freuen würde, wenn er das Kuvert öffnete. Hoffentlich habe ich nicht zu viele Fehler gemacht, dachte sie, steckte den Briefbogen in einen Umschlag und leckte energisch über die Gummierung, um ihn zu verschließen.

Die nächsten Wochen waren für Marie die wohl schönsten ihres bisherigen Lebens. Sie stand mit den Kindern auf, und nach dem Frühstück machten sie jeden Tag einen Spaziergang am Strand. Dabei kamen sie allerdings nie weit, denn die Kinder suchten lieber Muscheln oder plantschten in den seichten Wellen. Heini konnte schon schwimmen, es war ihm aber strikt untersagt, ohne Aufsicht des Vaters weiter als bis zur Taille ins Wasser zu gehen. Immer wieder versuchte er, Marie zu überreden, ihn ein bisschen weiter reinzulassen: »Nur bis zur Brust, Marie, bitte, ich kann doch schwimmen«, bettelte er jeden Tag aufs Neue. Doch so schwierig es für sie war, dem Buben eine Bitte abzuschlagen, so unerbittlich war sie in dieser Sache. Der Gedanke, dass ihn eine Welle nach unten ziehen könnte und sie dann hilflos zusehen müsste, wie er im Meer versank, ließ sie abends manchmal schwer in den Schlaf finden.

Ein paar halbe Tage hatte sie sogar frei, dann machten die Eltern einen Ausflug mit Heinrich und Lili. Besonders Heini war begeistert von der antiken Villenanlage in Val Catena. Dass es hier Ruinen gab, die fast zweitausend Jahre alt waren, faszinierte den Buben, und er löcherte alle Erwachsenen, die er um sich hatte, mit Fragen nach Geschichten von den Römern und überhaupt von früher. Marie hörte beeindruckt zu und versuchte sich vorzustellen, wie es hier wohl vor zweitausend Jahren ausgesehen hatte. Wer waren eigentlich diese Römer gewesen? Ach, sie wusste so wenig, hatte so wenig gelesen, manchmal genierte sie sich für ihre Unbildung. Andererseits hatte sie in den Monaten bei den Schnitzlers schon viel gelernt. Sie hörte bei allen Gesprächen im Haus aufmerksam zu und fragte Heini bei jeder Gelegenheit aus, der stolz all sein Wissen mit ihr teilte. Außerdem war sie im Theater gewesen und hatte ein paar Bücher gelesen. Vielleicht würde sie sich nicht immer so dumm fühlen müssen. Schließlich war sie noch jung.

In der zweiten Ferienwoche, sie war mit den Kindern am Vormittag am Strand, wurde Lili plötzlich krank. Marie fiel auf, dass die Kleine im Gegensatz zu ihrem Naturell müde und antriebslos war, die meiste Zeit auf ihrem Schoß saß und den anderen Kindern beim Spielen zuschaute. Als Lili ihr Köpfchen an Maries Hals lehnte, erschrak sie: »Schatz, du bist ja ganz heiß! Geht's dir nicht gut?«

Lili sagte nichts, hing nur schlapp in Maries Armen und sah sie aus glasigen Augen an.

»Heini! Komm her! Wir müssen zurück ins Hotel. Ich glaube, deine Schwester ist krank.« Marie musste laut rufen, Heini stand bis zu den Knien im Wasser und spielte mit dem kleinen Hund, den er vor ein paar Tagen kennengelernt hatte. Er war ganz vernarrt in das Tier, das einer feinen Dame gehörte, die auch mit der Familie Schnitzler bekannt war.

»Heini! Hörst du? Kommst du bitte?«

Widerwillig näherte sich der Junge, der kleine schwarze Hund sprang kläffend um seine Beine. »Ich mag aber nicht. Kann ich nicht alleine hierbleiben?«

»Nein, kannst du nicht. Es ist zu gefährlich.«

Heini sah zweifelnd auf die kleinen Wellen. »Was soll denn da gefährlich sein?«

»Keine Widerrede jetzt. Du kommst mit.« Marie war in großer Sorge um Lili, das Kind glühte in ihren Armen.

»Ja, aber ich kann doch mit der Mirjam hierbleiben, oder?« Jetzt verlegte sich Heini aufs Bitten. »Ihr Fräulein kann doch auf uns aufpassen.«

»Ja, bitte! Lassen Sie den Heini doch bei uns! Bitte.« Die beiden Kinder umringten Marie und blickten sie flehend an. Mirjam war in Heinis Alter, und obwohl er sonst gar nicht gern mit Mädchen spielte, waren die zwei seit dem dritten Urlaubstag ein Herz und eine Seele. Mirjam war mit ihren beiden älteren Geschwistern und ihrer Mutter auf Brioni, der Vater, ein Arzt, sollte Ende der Woche nachkommen. Die Familie Zuckerkandl war mit den Schnitzlers bekannt, und so hatte es sich ergeben, dass sie gleich zu Beginn des Urlaubs einen gemeinsamen Ausflug gemacht hatten. Heini hatte sich wohl ein bisschen in Mirjam verschaut, obwohl sie einen halben Kopf größer war als er.

Marie wusste nicht, was sie tun sollte. Das Ehepaar Schnitzler war zu einer Segelbootsfahrt aufgebrochen und wurde nicht vor dem Abend zurückerwartet. Sie stand hier mit dem kranken Kleinkind auf dem Arm, Heini wollte nicht gehorchen, und sie wusste nicht, wen sie im Hotel um Hilfe bitten konnte. Ach, wenn doch wenigstens Anna hier wäre, die praktisch veranlagte Köchin aus der Sternwartestraße wusste immer einen Ausweg.

Inzwischen hatte das Fräulein Gerti, das Kindermädchen der Zuckerkandls, zu ihnen aufgeschlossen, sie saß stets ein wenig abseits in einem Liegestuhl, las in einem Buch und beobachtete aus dem Augenwinkel die spielenden Kinder. Sie war eine üppige Person, um einiges älter als Marie, sicher über vierzig. Marie hatte großen Respekt vor ihr, und ein Gespräch zwischen den beiden hatte sich noch nie ergeben. Nun aber nahm das Fräulein Gerti den Hund an die Leine, befahl ihm resolut und erfolgreich mit dem Bellen aufzuhören, und wandte sich dann an Marie. »Was ist mit der Kleinen?«

»Ich weiß nicht, ich glaube, sie fiebert.«

»Lassen Sie mal fühlen.« Das Fräulein der Zuckerkandls legte Lili die Hand auf die Stirn. »Tatsächlich. Da ist wohl jemand krank.«

»Ja, was mach ich denn jetzt? Der Herr Doktor ist doch gar nicht da.«

»Wir gehen jetzt mal ins Hotel. Dann sprechen wir mit der gnädigen Frau.«

»Die ist doch auch mit auf dem Segelboot.«

»Ich meine, mit meiner gnädigen Frau. Die sitzt auf dem Balkon und liest. Ihr beiden kommt mit, wir versorgen jetzt mal das Schwesterchen, und dann könnt ihr weiterspielen.«

Heini und Mirjam begehrten nicht auf und folgten dem Fräulein Gerti brav auf dem schmalen Weg in Richtung Hotel. Marie ging hinterher, der kleine Kinderkörper hing wie ein nasser Sack in ihren Armen.

Marie legte Lili aufs Bett, und kaum hatte sie das dünne Leintuch über das Kind gezogen, war es auch schon eingeschlafen. Fünf Minuten später klopfte es energisch an der Tür, und als Marie »Herein« rief, betrat Fräulein Gerti, gefolgt von ihrer Dienstherrin, das Zimmer.

»Oh, die arme Kleine. Die glüht ja richtig.«

»Ja, sie hat öfter hohes Fieber. Es kommt ganz plötzlich, und dann ruft der gnädige Herr immer den Herrn Doktor Pollack. Aber wir sind ja hier auf der Insel, und der gnädige Herr ist gar nicht da. Die Herrschaften kommen am Abend erst zurück.« Marie stand direkt neben dem Bett, als müsste sie das fiebernde Kleinkind bewachen, und sah Amalie Zuckerkandl ängstlich an.

»Machen Sie sich keine Sorgen, Kindchen. Das wird schon wieder. Sie machen jetzt erst einmal kalte Wadenwickel, und ich kümmere mich um einen Arzt. Und das Fräulein Gerti geht am besten mit den Kindern wieder in den Garten oder an den Strand.«

»Aber …«

»Kein Aber. Sie wird gut auf den Heini aufpassen. Sie kümmern sich jetzt um die Kleine, ich bin bald wieder da.«

Obwohl es Marie nicht ganz geheuer war, Heini in der Obsorge einer fremden Kinderfrau zu lassen, widersprach sie nicht. »Sei schön brav und folg!«, ermahnte sie ihn, und schon war er mit seiner neuen Freundin bei der Tür draußen.

Sie hatte die nassen Handtücher um Lilis Waden gerade einmal erneuert, da klopfte es wieder an der Tür und Amalie Zuckerkandl trat ein, ohne eine Antwort abzuwarten.

»So. Das ist das Fräulein Dr. Bien. Sie ist Kinderärztin aus Wien.«

»Wirklich?« Marie war aufgestanden und sah die junge Frau ungläubig an. Diese Dame sah kaum älter aus als sie selbst, wie konnte sie schon Arzt sein?

Dr. Bien lächelte Marie freundlich zu und trat an Lilis Bett. »Na, mein kleines Fräulein, dann wollen wir mal sehen, was uns fehlt.« Sie hörte Lilis Brust ab, fühlte den Puls und maß das Fieber. »Na, nicht übel. Über neununddreißig Grad. Hat sie vorher über etwas geklagt? Bauchschmerzen? Ohrenschmerzen?«

»Nein. Gestern war sie noch recht fidel. Heute Morgen beim Frühstück war sie ein bisschen grantig, aber das ist sie öfter, da ist mir nichts aufgefallen.«

»Verstehe. Das heißt, das Fieber ist recht plötzlich gekommen. Wir machen jetzt mal Essigpatscherl, und ich lasse Ihnen ein wenig Aspirin da. Falls das Fieber über vierzig steigt, geben Sie ihr ungefähr ein Fünftel von diesem Briefchen.« Sie hielt Marie einen kleinen weißen Umschlag hin, den diese zögernd annahm. »Und wenn die Temperatur länger so hoch ist, dann müssen wir ihr Chinarinde geben. Es gab ja früher auf der Insel Malaria, wer weiß ...«

Das Wort »Malaria« hatte Marie noch nie gehört, doch in ihren Ohren klang es fremd und gefährlich.

»Wo sind denn die Eltern des Kindes?«

»Herr und Frau Schnitzler sind heute Morgen zu einer Segelfahrt aufgebrochen. Am Abend kommen sie wieder.«

»Der Dichter Arthur Schnitzler?« Die Augen von Fräulein Bien leuchteten auf.

»Ja, das ist der Vater der kleinen Lili. Ich bin ihr Kindermädchen.« Marie hob das Kinn und straffte die Schultern. Sie war stolz, dass ihr Dienstherr ein berühmter Mann war.

»Ja, dann schau ich am Abend auf jeden Fall noch einmal nach der kleinen Patientin. Ich wohne ja nicht weit, gleich nebenan im Hotel Neptun. Bestellen Sie den Herrschaften inzwischen meine Grüße. Und lassen Sie das Kind nicht allein.«

»Natürlich nicht.«

»Wechseln Sie die Wickel regelmäßig, und wenn eine Verschlechterung eintritt, dann lassen Sie mich unverzüglich holen. Hier ist meine Karte.«

»Ich danke Ihnen vielmals, Frau Doktor. Ich werde gut aufpassen.«

Als Frau Doktor Bien mit Frau Zuckerkandl das Zimmer verlassen hatte, setzte sich Marie für einen kurzen Augenblick zu Lili auf die Bettkante und strich ihr die verschwitzten Haare aus der Stirn. »Was machst du denn, mein Liebchen? Du musst ganz schnell wieder gesund werden, wir sind doch hier im Urlaub.«

Und dann nahm Marie ihren ganzen Mut zusammen, hob den Hörer des Haustelefons und bestellte eine Flasche Essig und frische Handtücher aufs Zimmer. Unverzüglich kam ein Mädchen und brachte ihr das Gewünschte.

Marie wich keine Minute von Lilis Seite, behielt die Kleine ständig im Auge, nur einmal lief sie ganz schnell auf die Toilette auf der anderen Seite des Ganges. Sie hatte die Fensterläden zugemacht und den großen Deckenventilator ein wenig eingeschaltet, die Hitze im Zimmer war schier unerträglich. Immer wieder fühlte sie mit der Hand nach Lilis Puls und versuchte abzuschätzen, ob das Fieber gestiegen war. Gleichzeitig dachte sie an Heini und daran, dass sie ihn einfach in die Obhut einer fremden Kinderfrau gegeben hatte. Hoffentlich fing sie sich dadurch keinen Tadel ein.

Marie war wohl ein bisschen eingenickt, sie fuhr hoch, als sie eine Stimme direkt neben ihrem Ohr vernahm. »Ich hab Hunger!«

Lili war aufgewacht, ihre Augen glänzten und ihre Wangen waren vom Fieber ganz rot. Aber sie hatte sich aufgesetzt, sah Marie mit hellem Blick an und wiederholte mit Nachdruck: »Ich hab Hunger! Bekomm ich Kuchen?«

Marie lachte vor Erleichterung laut auf: »Natürlich bekommst du Kuchen, mein Schatz! So viel du willst.«

Langsam wurde sie routiniert im Bestellen durch dieses neumodische Telefon. »Bringen Sie mir bitte ein großes Stück Schokoladekuchen und ein Glas Milch. Ja, bitte, aufs Zimmer.«

Lili machte sich mit Appetit über den Kuchen her, trank einen großen Schluck Milch, um sich danach wieder in die Kissen sinken zu lassen und augenblicklich einzuschlafen. Marie vergewisserte sich, dass das Kind tief und fest schlief. Sollte sie rasch vorne aus dem Hotel laufen, um nach Heini zu sehen? Aber dann war Lili alleine. Andererseits schlief sie gerade so gut, da konnte sie doch rasch überprüfen, ob mit Heinrich alles in Ordnung war. Dieses Fräulein Gerti schien zwar eine patente Person zu sein, aber schließlich wusste man nie. Und dann dieses gefährliche Wasser überall. Marie fühlte sich überfordert, sie hatte Angst, irgendetwas falsch zu machen, Angst, dass die gnädigen Herrschaften nicht zufrieden mit ihr sein könnten. »So«, sagte sie leise zu sich selbst, dort, im abgedunkelten Zimmer, »was würdest du tun, wenn es deine Kinder wären?«

Sie sah noch mal nach dem kleinen Mädchen, das tief und fest schlief, fühlte mit dem Handrücken ihre Stirn und stellte erleichtert fest, dass das Fieber wohl wirklich gesunken war. Dann lehnte sie die Tür an und lief mit entschlossenen Schritten den langen Hotelgang entlang und die Treppe hinunter. Als sie aus dem Hotel trat, musste sie die Hand vor die Augen legen, so sehr blendete sie die helle Nachmittagssonne. Und da sah sie Heini auch schon, wie er mit seiner neuen Freundin im Sand kniete und eifrig vor sich hin buddelte. Das Kindermädchen der Zuckerkandls saß in einem Liegestuhl ein paar Meter entfernt und beobachtete die spielenden Kinder mit Argusaugen.

»Heini!« Marie musste laut rufen, so vertieft war er.

»Ja? Ich will noch nicht rein!«

»Musst du eh nicht. Ich wollte nur wissen, ob alles in Ordnung ist. Hast du Hunger?«

Nun war auch das Kindermädchen der Zuckerkandls auf sie aufmerksam geworden. Fräulein Gerti stand langsam auf und kam auf Marie zu. »Die verstehen sich blendend, die zwei. Wie geht es der Kleinen?«

»Besser. Das Fieber ist gesunken und sie hat was gegessen. Jetzt schläft sie. Ich muss gleich wieder rauf zu ihr, ich wollte nur sehen, ob mit Heinrich alles in Ordnung ist.«

»Alles wunderbar. Jetzt machen Sie sich keine Sorgen, wir nehmen dann unseren Tee mit der gnädigen Frau auf der Terrasse. Er kann gerne bei uns bleiben.«

»Das ist sehr nett von Ihnen. Dann lass ich lieber Lili nicht allein. Wenn Sie Heini loswerden wollen, dann schicken Sie ihn bitte auf unser Zimmer.«

»Wir wollen Heini nicht loswerden. Er bleibt jetzt bei uns!«

Mirjam hatte besitzergreifend einen Arm um Heinis Schulter gelegt, was diesem sichtlich unangenehm war. Er wand sich aus der Umarmung und rannte davon in Richtung Meer.

Im Zimmer war alles ruhig. Lili schlief tief und fest, ihre Haare klebten verschwitzt am Kopf, aber der Grund dafür war wohl weniger das Fieber als die Hitze im Zimmer.

Marie öffnete die Fensterläden einen Spalt und setzte sich in den kleinen Lichtstrahl. Nun konnte sie endlich ein Stückchen weiterlesen. Sie hatte das Buch, das Oskar ihr zum Geburtstag geschenkt hatte, vor zwei Tagen begonnen und bisher nicht viel geschafft. Und spannend war es auch nicht wirklich, diese langatmige Beschreibung des Kirchenjahres, der Berge und Wälder, die rund um dieses Dorf lagen. Marie konnte gar nicht verhindern, dass sie in ihrem Kopf die Geschichte in dem Buch mit den Bildern aus ihrer Heimat verknüpfte. Nur friedlicher war es bei Stifter, geradezu idyllisch, alle waren glücklich und zufrieden in ihrem abgelegenen Dorf. Nach ein paar Seiten ließ Marie das schmale Bändchen sinken und dachte darüber nach, warum Städter, wie etwa Oskar, von solchen Geschichten angezogen wurden. Die stellten sich das Leben auf dem Land wahrscheinlich viel schöner vor, als es in Wirklichkeit war.

Marie zwang sich weiterzulesen. Bald waren ihr die Kinder Konrad und Sanna recht vertraut, und sie wollte wissen, wie es weiterging, als die Tür aufflog und Olga Schnitzler ins Zimmer stürmte. »Mein armer kleiner Schatz! Was muss ich hören?«

Lili setzte sich abrupt auf und blickte verwirrt zu Marie. Die war schnell aufgesprungen und trat der gnädigen Frau entgegen. »Bitte schön, ich glaube, es geht ihr schon besser. Ein Fräulein Doktor war da, aus Wien. Und ich habe die ganze Zeit Essigwickel gemacht.«

Nun war auch der Doktor in den Raum getreten, und als Lili ihn sah, sank sie sofort in das Kissen zurück und legte sich seufzend die kleine Hand über die Stirn. Aber Marie bemerkte das Blitzen in ihren Augen und musste lächeln. Diese Handbewegung hatte sie eindeutig ihrer Mutter abgeschaut, denn wie Olga Schnitzler hatte auch Lili einen Hang zum Theatralischen, vor allem im Beisein des Vaters. Jede winzige Blessur, jedes kleine Wehwehchen war gleich viel dramatischer, wenn der Vater in der Nähe war.

Olga Schnitzler hatte sich auf die Bettkante gesetzt und nahm ihre Tochter in den Arm. Sehr selten waren solche Gesten, Marie war ganz gerührt.

»Jetzt erzählen Sie mal, Marie! Was war denn?«

Und Marie erzählte von Lilis Erschöpfung am Morgen und wie die Frau Zuckerkandl hier aufs Zimmer gekommen war und diese nette junge Kinderärztin geholt hatte. »Und die hat sie untersucht und hat mir Aspirin dagelassen. Aber ich habe ihr die ganze Zeit frische Wadenwickel gemacht. Und, Herr Doktor«, Maries Stimme wurde ganz leise, »das Fräulein Doktor hat gesagt, auf der Insel gäbe es eine schlimme Krankheit, Malaia oder so?«

»Ach, Sie meinen die Malaria! Nein, da müssen Sie keine Angst haben, die gibt's hier schon lange nicht mehr. Seit zehn Jahren ist die auf der Insel nicht mehr vorgekommen. Ja, glauben Sie denn, wir würden hier Urlaub machen, wenn es gefährlich wär?«

»Nein, natürlich nicht, Herr Doktor. Entschuldigen Sie … ich dachte nur.«

»Schon gut, Marie. Und wo ist eigentlich Heini?«

»Der spielt schon den ganzen Tag mit der Mirjam Zuckerkandl. Sie sind am Strand. Und das Mädchen ist bei ihnen. Ich wusste nicht, was ich mit ihm tun soll, ich konnte ihn ja nicht hier im Zimmer einsperren.«

»Nein, schon gut. Sie haben alles richtig gemacht.«

Am nächsten Tag ging es Lili bedeutend besser. Die Ärztin kam noch einmal vorbei und stellte fest, dass das Kind kein Fieber mehr hatte. Trotzdem erlaubte sie nicht, dass Lili an diesem Tag in die Sonne oder ins Wasser ging, sie sollte sich noch einen Tag ausruhen. Dr. Bien schlug vor, das Krankenbett auf die schattige Terrasse des Hotels zu verlagern. Die Herrschaften wollten mit Heini einen Ausflug zu den antiken Ausgrabungen machen, Marie richtete sich mit ein wenig Spielzeug, Malbüchern, Stiften und ein paar Kinderbüchern neben Lili auf der großen Terrasse ein.

Gegen Mittag wurde ihnen eine Suppe serviert, der nette Kellner lächelte Marie freundlich an und strich Lili über die Haare. Diese aß mit großem Appetit, und als Marie eine leichte Decke über sie breitete und ihr eine Strophe ihres Lieblingsschlafliedes sang, schloss die Kleine die Augen und schlief ein.

Brioni, 28. Juli 1912

Lieber Oskar,
ich sitze hier auf einer großen Terrasse an einem eleganten, kleinen Tischchen, über mir ein bewachsenes Spalier, in dem die Grillen zirpen und kleine Vögel aus und ein fliegen. Ich fühle mich wie eine Prinzessin. Gerade hat mir ein sehr netter Kellner eine Suppe gebracht, wer weiß, vielleicht bleib ich für immer hier?
Lili ist gestern krank geworden, plötzlich hatte sie sehr hohes Fieber, und die Herrschaften waren nicht da, weil sie einen Segelausflug gemacht haben. Zum Glück wohnt gerade eine Kinderärztin im Nebenhotel, die hat Lili untersucht und ihr Aspirin gegeben.
Heute geht es ihr aber schon viel besser, nur in die Sonne darf sie noch nicht. Und darum sitze ich

hier auf dieser schönen Terrasse, das Kind schläft gerade, und ich kann Dir einen Brief schreiben. Weißt Du, es ist gar nicht so leicht, alles aufzuschreiben, denn ich muss die ganze Zeit auf das Meer schauen, das ein paar Meter vor meinem Platz beginnt. Ein schmaler Strand mit Kies und Sand und dann ist da schon das Wasser. Das Lustige ist, dass es jedes Mal, wenn ich hinschaue, irgendwie anders aussieht, und deswegen muss ich immer wieder hinschauen, obwohl es doch immer nur dasselbe Meer ist. Aber es verändert sich trotzdem ständig. Die ersten Meter ist es fast golden, da schimmert der Sandboden durch, dann wird es ein bisschen dunkler, da, wo es tiefer ist, und schließlich, ganz weit draußen, ist es fast schwarz. Und wenn dann die Boote mit den weißen Segeln darüberfahren … ach, ich sag's Dir, so etwas Schönes hast Du noch nie gesehen. Heute ist es fast windstill, deswegen liegt das Wasser ganz glatt, aber vorgestern schlugen die Wellen so auf den Strand, dass man es im ganzen Haus gehört hat. Ein ständiges Rauschen, auch in der Nacht, ich hab schon dreimal geträumt, dass ich schwimme, obwohl ich doch niemals ins Wasser gehen würde.
Das Buch, das Du mir geschenkt hast, gefällt mir sehr gut, obwohl ich es recht lustig finde, hier bei dreißig Grad zu sitzen und über einen Schneesturm zu lesen. Schreib mir bald zurück und vergiss mich nicht.

Deine Marie

Wien, am 3. August 1912

Liebe Marie,
hab vielen Dank für Deinen wunderschönen Brief. Warum hast Du eigentlich gesagt, Du kannst nicht gut schreiben? Du schreibst wunderbar. Auch wenn ich nicht bei Dir bin, sehe ich den Platz, an dem Du gesessen bist, um diesen Brief zu schreiben, genau vor mir, so trefflich hast Du alles beschrieben. Als ich Deine Zeilen über das Meer gelesen habe, ist mir ein Brief eingefallen, den Adalbert Stifter einmal geschrieben hat. Den kennst Du ja jetzt schon aus dem Bergkristall. *Ich schreib ihn Dir hier ab:*

Adalbert Stifter an Gustav Heckenast, Juli 1857

Ich habe das Meer gesehen. Ich kann Ihnen mit Worten nicht beschreiben, wie groß die Empfindung war, welche ich hatte. Alle Dinge, welche ich bisher von der Erde gesehen hatte, Alpen, Wälder, Ebenen, Gletscher ec. ... versinken zu Kleinlichkeiten gegen die Erhabenheit des Meeres. Ich wusste nicht, wie mir geschah. Ich hatte eine so tiefe Empfindung, wie ich sie nie in meinem Leben gegenüber von Naturdingen gehabt hatte. Zwei Stunden des frühen Morgens am 20. Juni blieb ich auf einem Hügel bei Optschina sitzen, und ich sah nur das tief unter meinen Füßen liegende Meer. Wie groß ist Gott, wie herrlich ist seine Welt! Ich werde Ihnen mündlich sehr viel sagen, das Papier ist zu jeder Mitteilung zu klein. Auch die nächsten Tage oft stundenlang fort am Strande des Meeres stehend, konnte ich nicht satt werden, dasselbe zu betrachten. Ich hatte nicht geahnt, dass das Meer so lieblich sein könne.

Jeden Tag, jede Stunde war es anders, und immer herrlich.

Ist das nicht schön? Seit ich diesen Brief vor ein paar Jahren gelesen habe, träume ich davon, das Meer zu sehen. Und dann lese ich Deine schönen Zeilen und denke, wie schön es wäre, mit Dir an so einem Meer spazieren zu gehen.
Bei uns in Wien gibt es nicht viel Neues. Herr Stock ist ein paar Tage auf Erholung auf die Rax gefahren, und ich bin alleine im Geschäft. Es ist aber nicht so viel zu tun, die Stadt ist unerträglich heiß und trocken, und alle, die die Möglichkeit haben, fliehen in die Sommerfrische. Heute habe ich noch nicht viel verkauft, und am Nachmittag habe ich sogar eine Stunde hinten gelesen. Wenn ich heute Abend zusperre, fahre ich noch an die Donau. Ich werde mich ans Wasser setzen, mir vorstellen, es wäre das Meer und Du wärst neben mir.
Bitte schreib bald wieder und bitte komm wieder zurück, auch wenn es auf Brioni so schön ist.

Es grüßt Dich innig

Dein Oskar

EINE UNERTRÄGLICHE HITZE hatte sich über die Stadt gelegt. Seit Tagen heizte die Sonne die Pflastersteine auf, und die Straßen lagen wie ausgestorben da. Die paar Menschen, die dringende Erledigungen hatten, schlichen im Schatten der Häuser entlang, die Damen verließen das Haus nicht ohne Sonnenschirme, und selbst die Kinder in den Höfen und auf den Plätzen saßen matt unter den Bäumen oder plantschten mit hochgezogenen Hosen und gerafften Röcken in den wenigen Brunnen, bis einer der Erwachsenen sie müde wieder vertrieb.

Im Laden war wenig los, Friedrich Stock und Oskar teilten sich die Stunden, man musste nicht zu zweit auf die spärliche Kundschaft warten, die sich hineinverirrte.

»Ich weiß nicht, mir macht mein Kreislauf zu schaffen. Mir bekommt diese Hitze nicht.« Friedrich Stock ließ sich erschöpft in den Bürosessel fallen, als er kurz nach Mittag ins Geschäft kam.

»Dann geh doch wieder heim«, meinte Oskar. »Ich kann schon dableiben am Nachmittag.«

»Nein, in meiner Wohnung ist es so stickig und heiß, das ist auch nicht besser. Geh du nur, ich bleib hier.«

»Na gut, dann fahr ich an die Donau und gehe schwimmen. Obwohl – Abkühlung ist das auch keine mehr, so warm, wie das Wasser schon ist.«

»Weißt du eigentlich, wie es der Fanni Gold geht?«

»Nein, ich mag irgendwie nicht nachfragen. Ich hab das Gefühl, die wollen ihre Ruhe.«

»Ja, eh. Aber ich hab gestern mit Herrn Gold telefoniert, wegen einer anderen Angelegenheit. Und da hat er sich nach dir erkundigt.«

»Meinst du, ich sollte sie besuchen?«

»Vielleicht. Es ist eine schwierige Situation für die armen Eltern. Dem Mädel geht es wohl ziemlich schlecht.«

»Ja, du hast recht. Ich schiebe es immer auf. Das Ganze macht mich so traurig.«

Fanni Gold war nach dem schrecklichen Schiffsunglück inzwischen wieder zurück in Europa. Wochenlang hatte sie in einer New Yorker Klinik gelegen, und die Ärzte konnten es nicht verantworten, sie zu entlassen. Obwohl sie viele Stunden an ein paar Holzbretter geklammert im kalten Wasser getrieben hatte, war sie wie durch ein Wunder körperlich nahezu unversehrt, psychisch jedoch schwer angeschlagen. Mehr als zwei Wochen lang sprach sie mit niemandem, starrte teilnahmslos an die Decke und ließ sich vom Pflegepersonal wie eine Puppe hin und her drehen, waschen, füttern. Das war auch der Grund, warum es so lange dauerte, bis man die Familie vom Überleben ihrer Tochter in Kenntnis setzen konnte, denn natürlich hatte sie keine Papiere bei sich gehabt. Sie sagte kein Wort, starrte den ganzen Tag vor sich hin, und in der Nacht verabreichte man ihr Schlaftabletten. Die Ärzte waren ratlos. Aber irgendwann dann blickte sie die Krankenschwester an, holte tief Luft und flüsterte mit aller Kraft: »Fanni Gold aus Wien.« Hätte die aufmerksame Schwester nicht zufällig ein paar Brocken Deutsch gesprochen, hätte es wohl keiner verstanden.

Nun endlich hatte man einen Anhaltspunkt und suchte nach Fannis Familie in Wien. Das Buchhändlerehepaar aus der Wiener Innenstadt konnte sein Glück gar nicht fassen, als sie eines Abends durch ein Telegramm die Nachricht erhielten, dass ihre vermisste Tochter am Leben sei. Es war wie ein Wunder. Über tausend Menschen waren beim Sinken der Titanic ums Leben gekommen oder in den darauffolgenden Stunden im kalten Wasser erfroren oder ertrunken.

Erst viele Wochen nachdem sie aus dem Spital entlassen worden war und ihr Vater, der alte Herr Gold, in Wien seine Buchhandlung den Angestellten überlassen hatte, um die geliebte Tochter in New York zu sehen, begann sie ihm auf langen Spaziergängen von jener Nacht zu erzählen. Wie sie sich gerade fürs Bett zurechtgemacht und dann plötzlich diesen Ruck gespürt habe, der durch das Schiff gegangen sei. Als sie die Tür ihrer Kabine öffnete, sah sie all die Menschen auf dem schmalen Gang, und niemand wusste, was geschehen war. Panik erfasste die Leute, und jeder versuchte, der Erste an Deck zu sein, alle rempelten und stießen und traten, keiner nahm mehr Rücksicht auf andere. Fanni sprach von einem kleinen Mädchen, das plötzlich an ihrer Seite war, sie hatte geflochtene Zöpfe, die vom Schlafen ganz zerzaust waren, und trug ein hellblaues Nachthemd mit Rüschen. Sie stand ganz allein in einer offenen Kabinentür und starrte mit großen Augen auf die vorbeihastenden Menschen. Fanni fasste sie an der Hand und fragte nach ihren Eltern, die Kleine schüttelte nur den Kopf und antwortete in einer Sprache, die Fanni nicht verstand, Tschechisch oder Ungarisch vielleicht. Jedenfalls ließ das Mädchen Fannis Hand nicht mehr los, und die beiden wurden vom Strom mitgerissen, den langen Flur entlang und ein paar Treppen hoch. Da kam ihnen auch schon das Wasser entgegen und Fanni nahm das Kind auf den Arm, setzte es auf ihre Hüfte und watete durch das strömende Wasser, das ihr bald bis zur Taille reichte. »Irgendwann sah ich dann den Himmel«, erzählte sie ihrem Vater mit leiser, fast teilnahmsloser Stimme. »Ich erinnere mich sogar noch an die Sterne. Weißt du, als ich die Sterne sah, dachte ich, alles würde gut werden.« Und dann war die Kleine plötzlich weg, Fanni wusste nicht mal ihren Namen, sie wurde von ihrer Hüfte gerissen, Fanni spürte noch, wie sich die dünnen Ärmchen nur zögerlich von ihrem Hals lösten, und danach verging keine Nacht, in der Fanni nicht von den großen, blauen Augen des Kindes träumte, die sie so voller Angst angestarrt hatten. »Sie wurde sicher gerettet«, murmelte ihr Vater. »Es wurden viele Kinder gerettet.«

Er wusste inzwischen, dass seine Tochter vom panischen Mob ins Wasser gestoßen worden war. Sie hatte sich angestellt, um auf eines der Rettungsboote zu gelangen, aber kurz bevor sie dran war, rempelte sie jemand an und drängte sie brutal zur Seite. Fanni verlor das Gleichgewicht und stürzte ins Wasser. Er dankte Gott dafür, dass seine Fanni immer schon so ein robustes, sportliches Mädchen gewesen war; bereits mit fünf Jahren war sie wie ein Fisch in der Donau geschwommen. Und so klammerte sie sich nun an ein vorbeitreibendes Möbelstück, es war wohl ein Teil eines Bettes, und ließ nicht los. Viele Stunden trieb sie im kalten Wasser, aber sie gab nicht auf, wollte überleben. Unglaublicherweise wurde sie gerettet, mehr tot als lebendig war sie, als sie von den Helfern in ein Boot gezogen wurde.

Was Fanni ihrem Vater jedoch nie erzählt hatte, war die Tatsache, dass sie nicht alleine auf dem Schiff gewesen war. Die fünf Jahre ältere Dorothea hatte eine Kabine auf einem anderen Deck angemietet, niemand wusste von ihrer Liaison. Offiziell war Fanni ganz alleine an Bord der Titanic gegangen, und natürlich konnten sie keine Kabine gemeinsam beziehen. Sie gaben sich als gute Freundinnen aus, dinierten zusammen und trafen sich spätnachts, wenn alle schliefen, bei Fanni in der Kabine. Doch in dieser verhängnisvollen Nacht kam es zu keinem Treffen mehr. Auf Fannis Seele lastete nicht nur der Schock, so etwas Furchtbares erlebt zu haben, sondern auch noch die Trauer. Eine Trauer, die sie mit niemandem teilen konnte, sie wollte schließlich ihren Eltern nicht noch mehr wehtun, zumal es ohnehin keinen Sinn gehabt hätte, denn

Doro, die große Liebe ihres Lebens, war mit so vielen anderen jämmerlich ertrunken.

Jakob Gold hatte lange gebraucht, bis er seine Tochter so weit hatte, auf ein Schiff zu steigen, um die Reise von Amerika nach Europa anzutreten. In New York schaffte sie es mehr als zwei Wochen nicht einmal, einen Fuß auf eine der Brücken über den Hudson zu setzen. Der Gedanke, übers Meer zu fahren, eingesperrt in einem Schiffsbauch, führte bei Fanni zu heftigen Angstattacken. Die beiden machten endlose Spaziergänge, redeten über Belanglosigkeiten, gingen ins Museum und manchmal auch in Kirchen. Es brach ihm das Herz, wenn er so neben seiner Tochter durch die Straßen lief: Sie hatte jede Begeisterungsfähigkeit verloren, aus dem ungestümen Wildfang war ein stilles, in sich gekehrtes Wesen geworden, und er wünschte sich nichts sehnlicher, als mit ihr, so wie früher, heftige Auseinandersetzungen führen zu können, dass sie Spaß daran hatte, ihm zu widersprechen. Irgendwann in der Mitte des Sommers musste er den Tatsachen ins Auge sehen und an seine Rückkehr nach Wien denken. Er konnte seine Firma am Graben nicht länger vernachlässigen, er musste sich dringend wieder um die Geschäfte kümmern. Als er Fanni vorsichtig beizubringen versuchte, dass sie entweder allein in New York bleiben oder aber ein Schiff besteigen müsse, bekam sie erneut einen kleinen Zusammenbruch. Doch schließlich willigte sie ein. Mit großer Angst, ja Panik in den Augen stimmte sie schließlich zu, den Vater in die Heimat zu begleiten. Er besorgte bei einem Arzt einen Vorrat an Schlaf- und Beruhigungstabletten und mietete eine Doppelkabine der teuersten Kategorie. Dass Fanni im unteren Bereich des Schiffes schlief, war völlig undenkbar. Trotz des kalten Windes waren Fanni und Jakob Gold fast den ganzen Tag über an Deck, gingen spazieren oder er las ihr aus der Neuübersetzung von *Madame Bovary* vor, ein Buch, das sie schon in frühen Jahren verschlungen hatte und seitdem immer wieder las. Sie gaben ein friedliches Bild ab: der alte Buchhändler, der mit ruhiger Stimme gegen den Wind anlas, und seine schöne Tochter, in eine Decke eingewickelt, das Haar vom Wind zerzaust, den Blick starr auf den endlosen Horizont gerichtet. Niemand ahnte vom Leiden der jungen Frau, niemand bemerkte ihre Panik, und auch von der Angespanntheit des älteren Herrn bekamen die übrigen Passagiere nichts mit.

Bevor Oskar die Buchhandlung in Richtung Donaustrand verließ, griff er zum Telefon und ließ sich mit der Buchhandlung Gold am Graben verbinden.

»Guten Tag. Hier spricht Oskar Nowak. Könnte ich mit Herrn Gold sprechen?« Seine Stimme zitterte ein wenig, und als er lange warten musste, merkte er, wie sich der Schweiß auf seiner Stirn sammelte. Das war nicht nur die Hitze.

»Herr Oskar! Ich freue mich sehr, von Ihnen zu hören! Wie ist das Befinden?«

»Gut, danke der Nachfrage. Wie geht es denn Ihnen?«

»Ach, wissen Sie, ich klage nicht, Hauptsache, wir haben unsere Tochter wieder bei uns.«

»Ja, da haben Sie recht. Und Fanni?«

»Der geht's leider nicht so gut. Aber das wird schon wieder.«

»Wenn ich irgendetwas für Sie tun kann, dann sagen Sie Bescheid. Ja?«

»Das ist sehr lieb von Ihnen, Herr Oskar. Aber ich wüsste nicht, was. Aber wissen Sie, was? Mir fällt schon etwas ein. Kommen Sie doch morgen zum Abendessen zu uns. Vielleicht können Sie meine Tochter ja ein wenig aufmuntern?«

»Ja, sehr gerne, Herr Gold. Ich komme gerne.«

»Gut, dann sagen wir: um sieben Uhr in der Annagasse. Ich freue mich.«

»Ja, ich mich auch, Herr Gold. Und beste Grüße an die Gattin und natürlich auch an Fanni.«

Um fünf vor sieben stand Oskar vor dem breiten Portal der Golds in der Annagasse. Die Blumen, die er rasch aus dem Papier auswickelte, hatten unter der Hitze gelitten und ließen die Köpfe hängen. Es war noch gar nicht lange her, seit er das erste Mal hier gewesen war, und doch hatte sich seitdem so viel verändert. Auch damals hatte die reiche Buchhändlerfamilie zum Abendessen geladen, ihn und Friedrich Stock. Oskar hatte bald durchschaut, dass der Abend dazu gedacht war, ihn mit der Tochter des Hauses bekannt zu machen. Und die war, das musste er zugeben, recht eindrucksvoll mit ihrer selbstbewussten Art und dem natürlichen Auftreten. Er erinnerte sich, wie sie nach dem Abendessen noch lange im Salon gesessen waren, auch Fanni selbstverständlich bei den Männern, und über Literatur und Politik diskutiert hatten. Noch nie hatte er so eine Frau erlebt. Sie beeindruckte ihn, fast fühlte er sich neben ihr wie ein dummer, kleiner Bub.

Das verstärkte sich ein paar Tage später bei einem gemeinsamen Opernbesuch, den Fanni eingefädelt hatte. Er war sehr aufgeregt, doch nach dreieinhalb Stunden Wagner erklärte sie ihm bei einem kleinen Gulasch im Sacher, dass sie sich nicht für Männer interessiere und ihn zwar recht nett finde, aber in festen Händen sei. Oskar ließ sich seine Überraschung nicht anmerken. In seinem kurzen Leben hatte er genug gelesen, um zu wissen, dass sich nicht alle Frauen zu Männern hingezogen fühlten und umgekehrt, aber im wirklichen Leben war ihm so etwas noch nie begegnet. Nach dem ersten Schreck war er aber geradezu erleichtert. Die Buchhändlertochter würde ausgezeichnet zu ihm passen. Sie war die Alleinerbin einer großen Verlagsbuchhandlung, kam aus der Stadt, war belesen und kultiviert, und die Golds waren, wie auch Oskars Familie, jüdisch, also definitiv eine gute Partie. Hätte Fanni ihm schöne Augen gemacht, wäre er ganz schön in die Zwickmühle gekommen. Denn er liebte Marie, auch wenn es unsinnig war. Sie war sein erster Gedanke am Morgen beim Aufwachen und sein letzter, wenn er nach einem langen Arbeitstag ins Bett ging. Das ungebildete, katholische Mädchen vom Land, das so jung war und ihm dennoch viel reifer vorkam, als er sich selbst manchmal fühlte, ja in gewisser Weise sogar gebildeter – natürlich nicht im Sinne von Theater und Kultur, nein, da war er ihr weit voraus, aber im Herzen war sie klug. Sie hatte ein Gefühl für die ihr anvertrauten Kinder und ging in ihrer warmherzigen Art direkt auf die Menschen zu, ohne je distanzlos zu wirken.

Oskar stand ein paar Minuten vor der verschlossenen Haustür der Golds, sinnierte vor sich hin, dachte an Marie, die irgendwo am Meer war und ihm vielleicht gerade den nächsten schönen Brief schrieb. Wie sollte das eigentlich weitergehen mit ihm und Marie? Er wischte den Gedanken beiseite, straffte seine Schultern und drückte auf den Klingelknopf. Jetzt musste er erst einmal diesen Besuch hinter sich bringen, er wusste auch nicht recht, warum ihm das so schwierig erschien.

»Herr Oskar, ich freue mich sehr! Wie schön, dass Sie es so schnell einrichten konnten. Bitte, kommen Sie weiter.« Jakob Gold freute sich sichtlich, Oskar zu sehen, er lächelte ihn herzlich an, nahm seine Hand in beide Hände, ja, er deutete sogar eine unbeholfene Umarmung an. Frau Gold trat aus dem Salon, Oskar übergab ihr die Blumen und sie bedankte sich. »Kommen Sie weiter, mein Lieber. Wir haben eine Kleinigkeit vorbereitet. Viel essen kann man ja nicht bei der Hitze.«

Das Haus der Golds hatte sich seit seinem letzten Besuch verändert. Die Möbel, die Teppiche, die Luster und die schweren Vorhänge waren dieselben, und doch wirkte die große Wohnung ganz anders auf Oskar. Düster, unbelebt, fast wie ein Museum, als hätte sich über das Mobiliar ein dünner Grauschleier gelegt. Er erinnerte sich an eine charmante Unordnung, die den Raum so lebendig hatte wirken lassen, als er vor ein paar Monaten zum ersten Mal hier gewesen war: zerlesene Zeitungen auf dem Sofa, ein Bücherstapel auf der Kommode. Ja, sogar die Katze, die mitten im Salon auf dem Teppich gelegen hatte, wirkte wie ein Teil eines Bildes mit dem Inhalt: Hier wird gelebt, gelesen, diskutiert.

Nun lag hier nichts mehr herum: keine Zeitungen, kein einziges Buch, und auch die Katze war verschwunden. Der Raum sah aus, als würde die Familie ihn gar nicht mehr benutzen, als wären die breiten Flügeltüren heute Abend eigens für ihn geöffnet worden. Und auch das Ehepaar Gold sah aus, als hätte er sie aus einem tiefen Schlaf gerissen. Jakob Gold war zwar wie immer korrekt gekleidet, aber bei genauem Hinsehen konnte man die Falten auf seinem weißen Hemd erkennen, die Hose war ausgebeult und auf der Weste hatte er Spuren von Essensresten. Anna Gold wirkte müde, und Oskar hatte sie viel größer in Erinnerung. Bei ihrem letzten Abendessen hatte ihm eine stattliche, selbstbewusste Frau mit funkelnden Augen gegenübergesessen. Die Person, die ihn jetzt zu Tisch führte, hatte wenig mit dieser Frau aus seiner Erinnerung zu tun.

Es war für vier Personen gedeckt, und Oskar blickte sich im Salon um. Hatte er Fanni übersehen? Saß sie in einem der großen Fauteuils?

»Wenn Sie Platz nehmen, mein Lieber?« Jakob Gold zog ihm einen Stuhl heran und deutete ihm mit einer Handbewegung, sich zu setzen. Oskar wartete, bis Frau Gold Platz genommen hatte, und blickte dann erwartungsvoll zur Tür.

»Fanni wird nicht kommen«, sagte Anna Gold leise. »Sie kommt schon wieder seit Tagen nicht aus dem Zimmer, das wenige, was sie isst, nimmt sie dort ein.«

Oskar setzte sich, das Dienstmädchen trug auf, Jakob Gold

sprach ein kurzes Gebet, und dann löffelten sie schweigend ihre Suppe. Die Hand des älteren Mannes zitterte so, dass der Löffel immer wieder ein unangenehmes Geräusch machte, wenn er gegen den Porzellanteller stieß. Oskar fühlte sich unwohl, er genierte sich, weil ihm nicht einfiel, wie er sich in dieser Situation verhalten sollte. Er dachte fieberhaft darüber nach, was denn das Beste wäre: Sollte er einfach direkt über Fanni sprechen? Fragen, wie es ihr gehe und was die Familie jetzt so vorhabe? Oder wäre es besser, das Thema gänzlich auszusparen, über Bücher zu reden, den heißen Sommer? Und wieder dachte er an Marie und war davon überzeugt, sie wüsste besser als er, wie man diese unangenehme Situation meisterte.

Jakob Gold unterbrach schließlich das Schweigen, legte seinen Löffel neben den halbvollen Suppenteller. »Wir sind ehrlich gesagt ein wenig verzweifelt. Wissen Sie, in New York hatte sie wirklich Fortschritte gemacht, und dass sie diese Schiffsreise zurück überstanden hat … ich meine … da war ich wirklich stolz auf sie. Aber seit wir zurück in Wien sind, hat sie sich völlig zurückgezogen. Sie verlässt ihr Zimmer kaum, nur einmal am Tag, um Toilette zu machen. Eigentlich liegt sie den ganzen Tag im Bett, manchmal steht sie auf, stellt sich zum Fenster und blickt schweigend hinaus. Wie ein eingesperrter Vogel. Wir machen uns große Sorgen.«

»Gibt es jemanden, der ihr nahesteht? Ich meine, außer Ihnen?« Oskar fühlte sich, als würde er einen großen See aus glattem Eis betreten.

»Sie meinen, einen Bräutigam, einen Verehrer? Oder einen engen Freund? Nein, es gibt niemanden. Fanni ist ein echter Spätzünder, die meisten Mädel in ihrem Alter sind längst verheiratet, zumindest verlobt.« Jakob Gold sah Oskar nachdenklich an. »Und wir hatten ja gehofft, dass es zwischen euch …«

»Ja, ich weiß.« Oskar fühlte sein Gesicht rot werden und

unterbrach den älteren Herrn eine Spur zu abrupt. »Wir hatten vielleicht zu wenig Zeit. Wir waren ja auch nur ein Mal aus, bevor das Unglück geschah.«

Sie wussten also nichts. Wussten nicht, dass ihre Tochter nicht vorhatte, sich zu verloben oder zu heiraten. Vielleicht hatte sie ja sogar vorgehabt, gar nicht wieder aus Amerika zurückzukommen, um ihren Eltern diese Schmach zu ersparen? Oder wäre sie eine Scheinehe eingegangen und hätte ein Doppelleben geführt? Nein, das konnte er sich nicht vorstellen. Nicht Fanni Gold. Er kannte sie zwar nicht gut, trotzdem, aber sie war nicht der Typ dafür, sich ein Leben lang zu verstecken, die brave Ehefrau zu spielen. Und dann hatte das Schicksal zugeschlagen, und nichts war mehr, wie es vorher gewesen war. Wahrscheinlich würden Fannis Eltern sogar akzeptieren, dass ihre einzige Tochter Frauen liebte, wenn sie nur wieder halbwegs die Alte werden würde.

Das Essen verlief in gedrückter Stimmung. Die Unterhaltung zog sich, die Golds brachten für nichts so richtig Interesse auf. Kaum zu glauben, dass das derselbe Mann war, mit dem Friedrich Stock und Oskar vor ein paar Monaten so lebhaft und engagiert über Literatur, den Wandel des Buchmarktes, Theaterstücke und vieles mehr diskutiert hatten. Nun war der Mann in sich gekehrt, der Unterhaltung schien er nur mühsam folgen zu können. Immer wieder warf Oskar ein paar Buchtitel in die Unterhaltung ein, aber der alte Buchhändler stieg nicht darauf ein, er schien rein gar nichts gelesen zu haben seit dem Unglück, ja schlimmer noch – er schien so überhaupt keine Ahnung von den Neuerscheinungen zu haben. Lediglich beim Thema Politik lebte er ein bisschen auf. Er nahm die Zeitung von der Kommode und hielt Oskar die Titelseite unter die Nase. »Vielleicht wird der Krieg zwischen Italien und der Türkei jetzt doch ein Ende finden. Steht hier zumindest.«

»Ja, ich hab es auch schon gehört, es wäre gut, wenn sie sich einigen könnten, zu viel Blut ist schon vergossen worden.«

»Bitte sprecht nicht über Krieg, das ertrag ich nicht auch noch.« Anna Gold hielt ihre Serviette an den Mund gepresst und blickte sie traurig an.

»In Ordnung, Liebling. Aber mach dir keine Sorgen, das ist so weit weg von uns, wir haben nichts zu befürchten. Und unser Kaiser hält sich da eh schön raus.«

Oskar wartete sehnsüchtig darauf, dass das Mädchen endlich den Nachtisch servierte, und er bemerkte, dass auch Frau Gold immer wieder verstohlen auf die Uhr an der Wand blickte. Was für ein schrecklicher Abend. Oskar sehnte sich nach frischer Luft und wollte am liebsten sofort durch den lauen Sommerabend nach Hause gehen. Er nahm sich vor, gleich noch einen langen Spaziergang zu machen, vielleicht half ihm ein wenig Bewegung, um auf andere Gedanken zu kommen.

»Möchten Sie sie kurz sehen?« Die Stimme von Frau Gold riss ihn aus seinen Gedanken.

»Wie bitte?«

»Ob Sie die Fanni kurz sehen möchten?« Frau Gold sah ihn beinahe flehend an.

»Ich weiß nicht. Ja, gerne. Aber ist es ihr denn recht?«

»Wir werden sie fragen.«

Frau Gold stand vom Tisch auf und verließ den Salon. Ein paar Minuten später öffnete sie leise die Tür und nickte Oskar zu. »Wenn Sie kurz mitkommen möchten?«

Man konnte die Abendsonne nur erahnen, Rollos und Vorhänge dunkelten Fannis Zimmer ab. Oskar blickte sich in dem großen Raum um, und da sah er Fanni Gold und erschrak ein wenig. Sie saß an einer Frisierkommode, mit dem Rücken zu ihm, und sah ihm im Spiegel entgegen. Es war, als würde sie den Umweg über den Spiegel benötigen, als wäre der direkte

Anblick zu viel für sie. Oskar näherte sich langsam, aus dem Augenwinkel bemerkte er eine zweite Person, die auf einem Canapé saß, das vor das Fenster geschoben worden war. Ein Dienstmädchen, das rasch aufsprang, kurz vor Oskar knickste und wie ein Schatten das Zimmer verließ.

»Guten Tag, Fanni. Schön, dass du wieder da bist.« Er war einen Schritt näher getreten, Fanni hatte sich nicht umgedreht und sah ihn unbewegt im Spiegel an.

»Ich war gerade bei deinen Eltern zum Souper. Und die haben mir gesagt, es geht dir nicht so gut, da dachte ich, ich komme dich kurz besuchen.«

»Das ist nett von dir, danke.« Die Stimme, die aus dem Mund der jungen Frau kam, hatte nichts mit der zu tun, die Oskar in Erinnerung hatte. Leise und verhalten, ohne jegliche Intonation und Kraft, aber am schlimmsten waren die glanzlosen Augen, die ihm aus dem Spiegel entgegensahen. Einem Impuls nachgebend trat er näher an Fanni heran und legte ihr von hinten seine Hand auf die Schulter. Kurz zuckte sie zusammen, Oskar dachte schon, sie würde die Berührung abwehren, doch dann griff sie nach seiner Hand und umfasste sie. Für einige Zeit verharrten sie so: Die zarte junge Frau vor der Frisierkommode, über dem Nachthemd trug sie einen blassblauen Morgenmantel, die Haare waren ungekämmt und fielen in unordentlichen Locken auf ihre Schultern, und dahinter der schmale junge Mann im dunklen Anzug. Ihre Augen trafen sich im Spiegel, und Oskar wusste instinktiv, dass es das Beste war, einfach nichts zu sagen. So hielt er ihre Hand fest, die sich zart und zerbrechlich anfühlte, die Finger zitterten ein wenig, und Oskar musste an einen kleinen Vogel denken. Er hatte Angst, zu fest zu drücken, als könnten die Knochen einfach so zerbrechen.

Dann war der Moment vorbei, Fanni entzog ihre Hand, ihr Blick wanderte ins Leere, und Oskar hatte das dringende Bedürfnis, das dämmrige Zimmer zu verlassen. Ohne ein Wort des Grußes drehte er sich um und ging durch die Tür hinaus. Im Vorzimmer stand das Ehepaar Gold, und als Oskar die beiden da an der Wand stehen sah, fühlte er sich so müde und verzweifelt, dass er einfach nur noch wegwollte aus diesem traurigen Haus.

»Und? Hat sie was gesagt?« Frau Gold zerknüllte mit den Händen ihr Stofftaschentuch und sah Oskar erwartungsvoll an.

»Nein. Nicht wirklich. Sie hat mich nur begrüßt.«

»Ach. Wir hatten so gehofft, sie spricht mit Ihnen.«

»Nein, leider. Aber wir standen uns ja auch nicht so nahe.«

»Trotzdem – sie hat in New York immer wieder von Ihnen geredet. Wie es Ihnen denn gehen würde und was die Buchhandlung macht.«

»Ja, ich hab auch viel an sie gedacht. Aber sie hat leider nicht gesprochen. Ich muss Sie jetzt leider verlassen, es ist schon spät.«

»Ja, natürlich. Es war überaus freundlich, dass Sie uns besucht haben. Und wir müssen uns bei Ihnen entschuldigen. Wir haben Sie gar nicht gefragt, wie es Ihnen geht. Nur über uns haben wir gesprochen.«

»Herr Gold, Sie müssen sich gar nicht entschuldigen. Und es tut mir so leid, dass ich nicht helfen kann.« Oskar blieb unschlüssig stehen, die Türschnalle in der Hand. »Obwohl … darf ich mir eine Bemerkung erlauben?«

»Aber natürlich, Herr Oskar!«

»Ich glaube, Sie müssen Fanni in professionelle Hände geben. Sie vielleicht sogar in eine Klinik einweisen, in ein Sanatorium.«

»Meinen Sie wirklich?« Jakob Gold blickte ihn zweifelnd an und schüttelte den Kopf.

»Ich bin ja beileibe kein Experte und will mich auch nicht

in Ihre Privatangelegenheiten mischen, aber ich fürchte, das ist der einzige Weg.« Oskar fasste nun seinen ganzen Mut und legte seine Hand auf Frau Golds Unterarm. »Schauen Sie, das ist ja nicht so wie bei einem Schnupfen, dass man wartet, bis er wieder weg ist. Oder glauben Sie, Fanni steht eines Tages auf und ist so wie früher? Einfach so?«

»Das hoffen wir natürlich jeden Tag. Aber eigentlich wissen wir ja auch, dass das wohl nicht passieren wird.«

»Deswegen müssen Sie sie in eine Anstalt bringen lassen.«

»Wie das klingt ... Anstalt ... da wird dann mein Mädchen in ein Gitterbett gesperrt oder in eine Zwangsjacke.«

»Ich glaube, dass die moderne Medizin da ganz andere Möglichkeiten hat. Und wer weiß, vielleicht ist sie ja so schwermütig, dass sie sich selbst etwas antut. Haben Sie daran schon einmal gedacht?«

»Daran denke ich jeden Tag beim Aufwachen und beim Einschlafen. Deswegen schläft auch das Hausmädchen bei ihr im Zimmer.«

»Ja, aber das ist keine Lösung. Sie können das Schicksal Ihrer Tochter doch nicht in die Hände eines Hausmädchens legen.«

»Ja, wahrscheinlich haben Sie recht. Wir werden uns etwas überlegen.«

»Ja, bitte tun Sie das. Und halten Sie mich auf dem Laufenden, ich kann Fanni natürlich jederzeit besuchen, wenn Sie das wünschen.«

Oskar hörte sich den Satz sprechen, und in seinem Kopf entstanden Bilder von grauen Krankenhausgängen, Betten mit Gitterstäben und streng blickenden Schwestern. Seit er als kleiner Bub einmal mit Masern eine Woche im Spital hatte liegen müssen, wollte er so ein Gebäude nie mehr betreten. Damals dachte er immer, das Waisenhaus wäre ein schlimmer Ort, doch als er wieder genesen in sein »Zuhause« zurückkehren konnte, war er richtig glücklich.

Er wollte niemanden im Spital besuchen, auch Fanni Gold nicht. Aber er würde es wohl tun, wenn er der Familie damit helfen konnte.

August 1912

»BEKOMM ICH VON DIR auch ein Geschenk?«

Marie öffnete verwirrt die Augen. Neben ihr am Bett stand Heini im Schlafanzug. Dem fahlen Licht nach, das durch die Ritzen der Fensterläden fiel, dürfte die Sonne gerade aufgegangen sein, dachte sie. Es war definitiv noch nicht Zeit zum Aufstehen.

»Du gehst sofort wieder in dein Bett! Es ist viel zu früh. Wehe, du weckst mir die Lili. Und es ist sehr unhöflich, nach einem Geschenk zu fragen«, flüsterte sie.

»Aber ich bin doch so aufgeregt und schon ganz lange wach.«

»Psst. Wirst du wohl leise sein. Deine Schwester muss unbedingt noch weiterschlafen. Du willst doch nicht, dass sie an deinem Geburtstag grantig ist.«

»Nein, eh nicht. Wie lange muss ich denn noch schlafen?«

»Bis die Sonne richtig scheint.«

»Das werde ich nicht überleben. Ich bin schon ganz lang wach.« Heini sah Marie bittend an.

»Na, komm her zu mir. Jetzt bin ich eh schon munter.« Marie hob die Bettdecke ein wenig an, Heini hatte wohl nur darauf gewartet. Mit einem breiten Grinsen sprang er zu ihr ins schmale Bett, streckte die kalten Füße zwischen ihre Waden und kuschelte seinen Rücken an Maries Seite.

»Eigentlich bist du viel zu groß dafür, dass du da bei mir liegst.«

»Ja, ich weiß. Ich bin jetzt zehn!« Heinis Stimme klang so stolz, als hätte er mit dem Erreichen dieses Alters eine große Tat vollbracht. »Aber heute darf ich noch mal, oder?«

»Du darfst auch morgen noch, du Dummerchen!« Marie lachte und fuhr Heini durchs struppige Haar. Sie genoss es, wenn die Kinder zu ihr ins Bett kamen. Bei der kleinen Lili war es eine Selbstverständlichkeit, am liebsten würde sie jede Nacht bei Marie schlafen. Heini war da etwas zurückhaltender, er war schließlich der Große. Aber ein paar Wochen nachdem Marie den Posten des Kindermädchens bei der Familie Schnitzler angetreten hatte, hatte Heinrich am frühen Morgen ein wenig verlegen am Fußende ihres Bettes gestanden. Sie hatte sich damals angewöhnt, die Kleine zu sich unter die warme Tuchent zu holen, wenn sie mal wieder viel zu früh aufgewacht war. Draußen war es bitterkalt, und sie wusste schon, dass die gnädigen Herrschaften gerne länger schliefen. Die einzige Möglichkeit, das Kind einigermaßen ruhig zu halten, war, sie mit in ihr warmes Bett zu nehmen. Irgendwann stand dann auch Heini da, und Marie brachte es nicht übers Herz, ihn wieder wegzuschicken. »Weißt du, ich mache es wegen der Kinder, damit sie ruhig sind. Aber ich mache es auch wegen mir … ich war nie im Bett meiner Eltern. Es ist so wunderschön, mit den beiden da zu liegen und mit ihnen zu plaudern oder ein bisschen zu dösen«, erzählte sie Oskar irgendwann im Frühling auf einem ihrer Spaziergänge. »Dann stell ich mir manchmal vor, sie sind meine eigenen Kinder … weißt du, ich hab sie schon recht gern, die beiden.«

Marie hatte deswegen ein schlechtes Gewissen, sie konnte schließlich nicht einschätzen, wie die Eltern das aufnehmen würden. Also genoss sie es einfach, und ohne dass sie es abgesprochen hätten, verschwand Heinrich auch immer sofort, wenn er die Schritte der Eltern auf der Treppe hörte. Es war ihr kleines Geheimnis.

Nun lag sie also hier auf einer Insel im Meer. Im Kinderbettchen an der Wand schlief die kleine Lili, sie wälzte sich hin und her und würde wohl auch bald aufwachen. Und neben ihr im schmalen Bett zappelte ein aufgeregter Bub, der heute Geburtstag hatte und es nicht erwarten konnte, dass der Tag endlich begann.

»Du könntest dein Buch holen und noch ein bisschen lesen«, schlug Marie vor. »Schau, ich könnte die Fensterläden einen Spalt aufmachen, dann haben wir ein bisschen Licht, und vielleicht schläft Lili ja noch länger.«

»Ich mag aber nicht lesen.«

»Seit wann magst du denn nicht lesen?«

»Nur jetzt nicht. Liest du mir was vor?«

»Du bist doch ein großer Bub! Du kannst doch selber lesen.«

»Ja, kann ich eh. Aber lies mir was aus deinem Buch vor.« Heini hatte das schmale Bändchen vom Nachttisch genommen und blätterte darin. »Um was geht es da?«

»Da geht's um zwei Kinder, die sich im Schneesturm verlaufen.«

»Wie heißen die?«

»Konrad und Sanna.«

»Weißt du noch, wie ich mich verlaufen hab? Am Christkindlmarkt?«

»Natürlich weiß ich das noch, du Dummerchen.« Marie würde es nie vergessen. Sie war gerade ein paar Wochen im Dienst bei der Familie gewesen, als der Herr Doktor sie bat, mit Heini den Weihnachtsmarkt in der Stadt zu besuchen. Und wie sie da so durch die Stände gingen, war der Bub auf einmal weg, wie vom Erdboden verschluckt war er. Marie dachte, sie könnte nie wieder in ihr neues Heim in der Sternwartestraße zurückkehren. Als sie sich Stunden später dann doch nach Hause traute, war das Kind schon zurück, der kluge Bub hatte ganz alleine den Weg gefunden. Und wider jede Wahrscheinlichkeit wurde ihr die Stellung nicht gekündigt. Die gnädige Frau war zwar sehr erbost, doch der Herr Doktor setzte sich für sie ein, und die Köchin Anna legte wohl auch ein gutes Wort für sie ein. Seitdem hatte Marie panische Angst, dass den Kindern etwas zustoßen könnte. Aber inzwischen nicht nur, weil sie Angst um ihre Stellung hatte, nein, auch weil sie die beiden so ins Herz geschlossen hatte.

»Was passiert mit den Kindern?«

»Ich glaube, sie finden nach Hause. Ich hoffe es. Aber weißt du, das ist in den Bergen. Da kann es ganz fürchterlich schneien, und dann sieht man den Weg nicht mehr, und das ist dann wirklich gefährlich.«

»Da, wo du herkommst, gibt's da auch Berge?«

»Nein, keine hohen. Aber sehr viel Wald. Und manchmal hat es so geschneit, dass wir gar nicht bei der Tür rausgekommen sind.«

»Ja, ich war mal mit den Eltern am Semmering. Da gab es auch so viel Schnee. Also – liest du mir jetzt vor?«

»Ja, aber ganz leise … wart … hier ist eine spannende Stelle:

›Sanna‹, sagte der Knabe, ›wir können nicht mehr hinabgehen, weil es Nacht geworden ist, und weil wir fallen oder gar in eine Grube geraten könnten. Wir werden da unter die Steine hineingehen, wo es so trocken und so warm ist, und da werden wir warten. Die Sonne geht bald wieder auf, dann laufen wir hinunter. Weine nicht, ich bitte dich recht schön, weine nicht, ich gebe dir alle Dinge zu essen, welche uns die Großmutter mitgegeben hat.‹
Sie weinte auch nicht, sondern, nachdem sie beide unter das steinerne Überdach hineingegangen waren, wo sie nicht nur bequem sitzen, sondern auch stehen und herumgehen konnten, setzte sie sich recht dicht an ihn und war mäuschenstille.«

»Und dann bleiben sie in der Höhle? Die ganze Nacht?« Heini stützte sich auf den Ellbogen und sah Marie mit großen Augen an.

»Ja, sie halten sich gegenseitig warm, und Konrad passt recht gut auf seine kleine Schwester auf. Und am nächsten Tag finden sie den Weg.«

»Oh, ich glaub, da hätt ich eine Riesenangst.«

»Ja, ich auch. Aber du würdest auch gut auf die Lili aufpassen, da bin ich mir sicher.«

»Ja, natürlich würde ich das, auch wenn sie mich manchmal ärgert.«

Als Lili aufgewacht war, gab es für Heini kein Halten mehr. »Jetzt hab ich Geburtstag! Krieg ich ein Geschenk?«

»Ich hab dir aber schon erklärt, dass es sehr unhöflich ist, nach einem Geschenk zu fragen.«

»Ja, weiß ich. Aber die Lili fragt auch immer. Immer, wenn die Eltern weg waren und wiederkommen, fragt sie nach einem Geschenk.«

»Aber die Lili ist noch nicht mal drei. Und du bist ein großer Bub. Also, zieh dich schnell an, dann bekommst du dein Geschenk.«

Heini schlüpfte in Windeseile in seine kurze Hose, das Hemd knöpfte er verkehrt zu, und wie er da so erwartungsvoll vor Marie stand, mit schiefem Hemd und Haaren, die in alle Richtungen abstanden, musste sie lachen. Rasch zog sie Lili ein Sommerkleid über, und dann holte sie das Päckchen aus dem Kasten. Es war in elegantes, dunkelblaues Papier verpackt, eine rote Schleife war drum herum gebunden. »Ein Buch?« Heini drehte und wendete das Paket.

»Na, schau rein!«

»Das erkenne ich doch von außen, dass es ein Buch ist.«

»Na, dann brauchst du es ja gar nicht auspacken.«

Mit einem Ruck riss Heini die Verpackung ab und legte das Buch vor sich auf den Tisch. Er schlug es auf, blätterte ein wenig darin und blickte Marie enttäuscht an. »Da steht gar nichts drinnen. Es ist leer!«

»Ja, mein Lieber. Es ist ein Tagebuch. Du schreibst es selbst. Da kannst du alles reinschreiben, was du so machst und erlebst und denkst.«

Heini blätterte unschlüssig die weißen Seiten hin und her, und dann huschte ein Lächeln über sein Gesicht. »Wie der Vater. Der schreibt auch alles auf.«

»Genau, wie der Vater. Und wenn du mal groß bist, dann kannst du es nachlesen und dich an alles erinnern. Oder wenn du ein berühmter Mann bist, so wie dein Vater, dann kann die Nachwelt erfahren, was du so erlebt hast als Kind.«

»Gut, dann schreib ich gleich etwas auf die erste Seite!«

Marie freute sich. Sie hatte die Idee vor ein paar Wochen gehabt, als sie immer wieder mal im Arbeitszimmer des Herrn Doktor hatte sauber machen müssen, weil das Hausmädchen im Spital gewesen war. Sie hatte sich kaum getraut, etwas zu berühren, und beim Abstauben hatte sie sich bemüht, alles wieder genau so hinzulegen, wie sie es vorgefunden hatte. Doch da lag aufgeschlagen dieses Buch auf dem Schreibtisch – der gnädige Herr war nach dem Erhalt eines Telegramms überstürzt aufgebrochen –, und Marie erlag der Versuchung, ein wenig darin zu blättern. Sie konnte nichts entziffern, einzelne Buchstaben konnte sie erkennen, ansonsten lediglich Striche und Wellenlinien. Daneben lag, direkt an der Kante des Schreibtisches, ein Stapel Papier. Anscheinend tippte das Fräulein Pollak – oder »Kolap«, wie Lili immer sagte –, alles, was der Doktor so unleserlich aufschrieb, mit der Schreibmaschine ab. Marie konnte sich nicht zurückhalten und blätterte die Seiten vorsichtig durch. Aber was sie da las, enttäuschte sie fast: alltägliche, ja fast banale Aufzeichnungen. Arthur Schnitzler hatte an jedem

Tag akribisch notiert, was er getan und erlebt hatte, wer zum Essen da gewesen war, wann er mit Heinrich spazieren gegangen war, ob er mit seinem Bruder musiziert hatte, mit wem er sich nach dem Theater im Sacher getroffen hatte und so weiter. Marie berührte die Blätter ganz vorsichtig, mit spitzen Fingern blätterte sie um, und noch Tage später hatte sie ein schlechtes Gewissen, gerade so, als hätte sie ihrem Dienstherrn bei etwas ganz Privatem zugesehen. Und je mehr sie über diese Aufzeichnungen nachdachte – sie hatte bisher nicht gewusst, dass es Menschen gab, die ihr Leben aufschrieben, und zwar ihr ganz banales Privatleben –, desto bedeutungsvoller erschien ihr das alles. Der Herr Schnitzler war ein berühmter Mann. Wenn er einmal nicht mehr auf dieser Welt wäre, dann würden alle nachlesen können, wie er gelebt hatte. Und nachdem sie nicht daran zweifelte, dass auch aus Heini einmal eine große Persönlichkeit werden würde, hatte sie die Idee, ihm zum zehnten Geburtstag ein Tagebuch zu schenken und ihn jeden Tag zu ermutigen, etwas hineinzuschreiben.

Das Buch hatte sie mit Oskar zusammen in der Buchhandlung ausgesucht, es hatte einen schlichten, marmorierten blauen Einband und zarte Linien.

Nun sah sie Heini dabei dazu, wie er mit krakeliger Handschrift die erste Seite des Buches beschriftete.

Brioni, 9. August 1912. Heute ist mein 10. Geburtstag. Von Marie bekam ich dieses Tagebuch, in das ich nun jeden Tag schreiben werde.

Nun war es an der Zeit, die Kinder nach unten zu bringen. Die gnädigen Herrschaften wollten heute, anlässlich Heinis Geburtstags, das Frühstück gemeinsam mit ihnen einnehmen. Danach planten sie einen Ausflug zum Monte Saluga, wo sich ein Aussichtsturm befand.

Nach dem Frühstück kamen die Kinder wieder nach oben, und die gute Laune des Morgens war wie weggeblasen. Lili hatte augenscheinlich geweint, sie hatte rote Augen und zog immer wieder die Nase auf und auch Heini blickte mürrisch.

»Die Mutter kommt nicht mit. Sie hat Kopfschmerzen und muss im Bett bleiben«, brach es aus ihm heraus, kaum hatte er das Zimmer betreten. »Und die Lili hat einen Wutanfall bekommen, weil sie nicht mitdarf.«

»Ach, Heini, das ist doch nicht so schlimm. Dann gehst eben mit dem Vater. Ein richtiger Männerausflug auf einen Berg, das ist doch schön. Und die Lili und ich gehen inzwischen eine Burg aus Sand bauen. Na, jetzt mach nicht so ein Gesicht. Zieh dir rasch deine festen Schuhe an.«

Heini hatte es schnell verwunden, dass die Mutter nicht mitkam, und stürmte, kaum hatte er die Schuhe gewechselt, aus dem Zimmer. Lili hingegen schmollte. Sie hatte sich auf Maries Bett geworfen, den Kopf tief in das Kissen vergraben und schluchzte theatralisch. Marie musste lachen. Die Kleine würde sicher einmal Schauspielerin werden. Mit noch nicht mal drei Jahren schlüpfte sie ständig in irgendwelche Rollen und dachte sich Geschichten aus. Vor ein paar Wochen war Marie sogar einmal vom gnädigen Herrn in den Salon gerufen und ausgefragt worden, ob sie mit Lili die Bekanntschaft eines Mädchens namens *Fingi* gemacht habe, das einen Hund mit dem Namen *Pfifficolico* besitze. Lili habe so glaubwürdig über dieses Mädchen und seinen Hund gesprochen, dass die Eltern sicher waren, die Geschichte sei real. »In der Nauerstraße einundfünfzehn wohnt diese Fingi«, hatte der Herr Doktor damals gelacht. »Können Sie mir sagen, wo das ist?« Marie hatte keine Ahnung, sie war nie in einer Nauerstraße gewesen, und ein Mädchen mit Hund kannte sie auch nicht. Aber Lili schmückte ihre Fantasiegeschichten so eindrucksvoll aus, dass man ihnen oft Glauben schenkte.

Schon bemerkte Marie, dass die Kleine vorsichtig unter ihrem Ellbogen hervorlugte, gerade so, als würde sie abschätzen wollen, wie weit sie mit ihrer Darbietung gehen konnte. Marie legte ihr die Hand auf den verschwitzten Rücken, da versteifte sich der Kinderkörper und das Gesicht verschwand wieder im Polster.

»Lili Schnitzler, bitte komm mit mir an den Strand. Ich brauche dringend deine Hilfe beim Sandburgbauen.«

»Keine Zeit.«

»Warum hast du keine Zeit?«

»Weil ich weinen muss.«

»Kannst du nicht aufhören und mit mir kommen?«

»Na gut.« Lili setzte sich auf, fuhr mit den Händen einmal rasch über das nasse Gesicht und sprang vom Bett. »Aber nur, wenn wir nicht weit ins Wasser gehen!«

»Natürlich gehen wir nicht weit ins Wasser. Das dürfen wir gar nicht, wir können ja nicht schwimmen, wir beide.«

»Nur der Heini kann schwimmen. Der ist schon groß. Darum darf der auch mit dem Vater auf den Berg wandern.«

»Ja, da hast du recht. Aber weißt du was? Es ist eh langweilig, auf so einen Berg zu gehen, da spielen wir doch lieber im Sand.«

»WAS MACHT EIGENTLICH dein Mädel?« Friedrich Stock räumte einen Stapel Neuerscheinungen auf den Tisch an der Kasse. Seit ungefähr einer Woche kündigte sich die Herbstsaison an. Es war zwar immer noch sommerlich warm, aber die vielen Bücher, die nun angeliefert wurden, ließen das bevorstehende Weihnachtsgeschäft bereits erahnen.

»Die ist immer noch auf Brioni. Seit über drei Wochen schon. Aber in zwei Tagen tritt sie die Heimreise an.«

»Mein Gott, Dichter müsste man sein. Dann könnte man wochenlang wegfahren. Wobei der Herr Schnitzler sicher auch im Urlaub ständig arbeitet.«

»Das Ehepaar Schnitzler bleibt sogar noch länger. Marie kommt allein mit den Kindern zurück.« Oskar strich gedankenverloren über einen der Buchrücken.

»Schön. Dann könnt ihr euch vielleicht ein bisschen häufiger sehen.«

»Ja, vielleicht.«

»Was ist jetzt eigentlich mit euch zwei? Seid ihr schon verlobt?«

»Nein. Das wär ein bisschen früh, oder? So lange kennen wir uns noch gar nicht.«

»Schaust noch, ob was Besseres kommt?« Stock lachte und Oskar wurde rot.

»Nein, aber man kann sich doch nur verloben, wenn man eine Familie gründen kann«, sagte Oskar und war froh, dass ein Kunde das Geschäft betrat. Solche Gespräche waren ihm unangenehm.

Doch Friedrich Stock nahm den Faden wieder auf, nachdem er die Wanderkarte kassiert und den Herrn verabschiedet hatte: »Wir schauen mal, wie das Weihnachtsgeschäft so läuft, vielleicht geht sich dann ein bisschen mehr Geld für dich aus. Vielleicht war es doch ein Fehler, dass du Teilhaber geworden bist. Jetzt kannst nicht mehr weggehen.«

Oskar war inzwischen auf eine der hohen Leitern geklettert und versuchte, ein Lexikon in einem der oberen Regale zu verstauen. Mitten in der Bewegung hielt er inne und sagte erschrocken: »Weggehen? Wo soll ich denn hingehen?«

»Na ja, in eine andere Buchhandlung. Wo du mehr verdienst. Vielleicht wär es besser gewesen, du hättest beim Jakob Gold angeheuert. Der sucht doch immer Mitarbeiter. Wo wir grad schon von ihm sprechen, wie geht es eigentlich seiner Tochter? Weißt du was Neues?«

»Bist du verrückt? Ich verlass dich doch nicht. Außer du willst mich loswerden. Das wird sich schon irgendwie fügen. Ich spar jetzt einfach, kauf weniger Bücher, geh halt nicht mehr so oft ins Theater. Und Fanni? Na ja, der geht's wohl nicht so gut. Ihre Eltern haben sie jetzt ins Cottage-Sanatorium eingewiesen. Ich hoffe, sie wird wieder gesund.«

»Ganz die Alte wird sie wohl nicht mehr werden. Aber es ist gut, dass sie jetzt in professionellen Händen ist. Ah, guten Tag, Herr Doktor Weber!« Einer ihrer Stammkunden hatte das Geschäft betreten, und Friedrich Stock wandte sich ihm freundlich zu. »Was kann ich für Sie tun?«

»Haben Sie diese neue Insel-Bücherei?«

»Selbstverständlich haben wir die da. Bitte sehr, wollen Sie schauen?«

»Wie viele Bände gibt es denn?«

»Bisher sind zwölf erschienen. Sehr schön ausgestattet, sehen Sie selbst.«

»Und ein Band kostet?«

»Sechzig Heller. Wenn Sie alle möchten, können wir auch gerne eine Ratenzahlung vereinbaren.«

Oskar lächelte still in sich hinein. Verlobt ... tja, das wär schön, jetzt sollte sie endlich mal zurückkommen, seine Marie. Ihren letzten Brief hatte er gestern bekommen, da war sie wohl schon auf dem Weg nach Wien. Sie schrieb darüber, wie aufgeregt sie sei, so eine lange Reise alleine mit den Kindern zu unternehmen. *Stell Dir vor, es passiert was! Ein Zugunglück oder einer von ihnen wird wieder krank. Ach, wäre ich doch schon wohlbehalten mit ihnen in der Sternwartestraße und würde bei Anna in der Küche sitzen. Und Heini ist seit Tagen in gedrückter Stimmung, weil er gar nicht einsieht, dass die Eltern ohne ihn noch weiterreisen. Er hängt sehr an seinem Vater.*

Aber am meisten freute ihn der Schlusssatz des Briefes: *Ich vermisse Dich und freue mich sehr, wenn wir uns wiedersehen. Deine Marie,* hatte sie in ihrer schön geschwungenen Handschrift an das Ende des Blattes geschrieben.

Den Antwortbrief sandte er an die Sternwartestraße, so würde Marie ihn vorfinden, wenn sie von der langen Reise zurückkam.

HEUTE HATTE MARIE FREI. Seit Tagen freute sie sich darauf, schließlich war sie einen Monat lang Tag und Nacht mit den Kindern zusammen gewesen, und sosehr sie die beiden auch liebte, war sie nun doch überglücklich, ein paar Stunden ohne sie verbringen zu können.

Als das Fräulein Bachrach, zwei Tage nachdem sie aus Brioni zurückgekommen waren, am Abend geklingelt und nach Marie gefragt hatte, kam diese ein wenig verlegen zur Tür. Stephi von Bachrach war kaum älter als sie selbst, doch man sah ihr die »höhere Tochter« von Weitem an. Sie kam aus reichem Hause und verkehrte wie selbstverständlich mit all diesen klugen Männern. Was Marie aber besonders verunsicherte, war, dass sie ständig das Gefühl hatte, diese Stephi mache dem gnädigen Herrn schöne Augen. Und obwohl es so offensichtlich war, schien es die gnädige Frau nicht zu stören! Nein, sie beschwerte sich nie, wenn die beiden zu langen Spaziergängen aufbrachen oder der Herr Schnitzler und das Fräulein alleine im Arbeitszimmer saßen und über Gott und die Welt redeten. Sie waren schon ein wenig seltsam, die reichen Leut.

Nun aber stand Stephi von Bachrach da und lachte Marie an. Sie war immer recht freundlich, grüßte aufmerksam, wechselte ein paar Worte mit ihr, wenn sie sich zufällig im Haus begegneten.

»Ich habe gehört, Sie sind wieder zurück?«

»Ja.« Marie wusste nicht so recht, was die Frage bedeuten sollte. »Also – die Herrschaften sind noch nicht da. Aber ich mit den Kindern.«

»Ja, ich habe mit Olga und Arthur telegrafiert.«

Es kam Marie komisch vor, dass jemand ihre Herrschaft »Olga und Arthur« nannte, fast musste sie lachen.

»Ich wollte die Kinder so gerne mal wieder sehen!« Die junge Frau trat einen Schritt auf Marie zu, da wurde dieser erst bewusst, dass sie den Besuch unhöflicherweise nicht ins Haus gebeten hatte.

»Das ist ein wenig ungünstig. Die sind gerade ins Bett gegangen. Sie sind immer noch recht überdreht von der langen Reise.«

»Das verstehe ich natürlich. Ich wollte nicht stören. Wie war denn die Fahrt? Ist alles gut gegangen?«

»Ja, Gott sei Dank ist nichts passiert. Alles hat gut funktioniert. Anstrengend war es halt, und der Heini war schon recht traurig, dass er wegmusste vom Vater.«

»Ja, der liebe Bub hängt sehr an ihm. Wissen Sie, was? Ich hole die Kinder übermorgen in der Früh ab und führe sie aus. Ich hab sie so lange nicht gesehen.«

»Die Lili auch?«

»Ja, natürlich die Lili auch. Was denken Sie denn?«

»Sie ist ja schon ein bisserl anstrengend.«

»Das macht nichts. Und ich muss ja auch noch Heinis Geburtstag nachfeiern.«

»Gut. Wenn die Eltern einverstanden sind … Brauchen Sie mich?«

»Wofür?«

»Na, als Begleitung, wenn Sie die Kinder holen.«

»Nein, natürlich nicht! Sie machen sich einen schönen Tag. Ohne Kinder!« Stephi lachte und wandte sich zum Gehen. »Da wird Ihnen doch was einfallen, oder?«

Marie war froh, dass es schon fast dunkel war, denn zu ihrem großen Ärger wurde sie rot. »Jaja, vielen Dank. Das freut mich. Ich hab eh ein paar Besorgungen zu machen, da kommt mir ein Tag ohne die Kinder recht gelegen.« Marie war ganz stolz auf ihre Schlagfertigkeit ... Besorgungen ... Sie wusste gar nicht, was sie besorgen sollte, außerdem hatte sie kaum noch Geld, zum Monatsersten waren es noch ein paar Tage, und wer wusste, wann die Herrschaften zurückkämen. Erst dann würde sie ihren Lohn ausbezahlt bekommen. Nein, sie würde sich ausruhen, ein wenig lesen und dann in jedem Fall Oskar in der Buchhandlung besuchen.

Übermorgen also. Da konnte sie Oskar ja noch schnell einen Brief schreiben. Den würde er dann morgen erhalten, und vielleicht schaffte er es ja, sich am Nachmittag ein Stündchen freizunehmen. Sie sah rasch nach, ob die Kinder schliefen, holte ihren Schreibblock und verfasste eine kurze Nachricht.

Er hatte sich nicht nur ein *Stündchen* freigenommen, Oskar hatte sich den ganzen Tag freigenommen, als er die Nachricht von Marie erhalten hatte. Friedrich Stock lachte, als der junge Buchhändler ihn ganz aufgeregt fragte, ob er eventuell auch einen Tag oder zumindest einen halben alleine arbeiten könne.

»Klar kann ich, mein Lieber! Wie könnte ich dir das abschlagen? Aufgeregt, wie du bist. Mach was Schönes mit ihr.«

Diesmal wollte Oskar nicht wie sonst im Türkenschanzpark spazieren gehen, er wollte weiter weg, auf eine richtige Wanderung, ins nahe gelegene Klosterneuburg.

Um neun Uhr früh stand er vor dem Haus der Schnitzlers. Die Kinder waren gerade eben abgeholt worden, da klingelte er bereits an der Tür. Die Köchin bat Oskar kurz herein, stellte ihm eine Tasse Kaffee auf den Küchentisch, während Marie sich noch fertig machte. Als sie in die Küche kam, sprang Oskar auf: »Marie, wie schön, dich zu sehen. Ich freu mich.«

»Ich freu mich auch sehr. Und auf die Wanderung. Wie lange werden wir gehen?« Marie dachte ein wenig in Sorge an ihre alten Schuhe und hoffte, dass sich die Sohlen nicht lösen würden.

»Na ja, zwei Stunden vielleicht. Aber keine Angst, wenn du nicht mehr kannst, dann trag ich dich.«

»Das schau ich mir an, wie viele Meter du das schaffst. Weißt du, seit ich regelmäßig Annas Essen bekomm, hab ich schon ganz schön zugenommen.«

»Ja, aber das schaff ich leicht.« Oskar blickte sie liebevoll an und Marie wurde rot.

»Apropos Essen.« Die Köchin hielt den beiden ein kleines Päckchen aus braunem Papier hin. »Ich hab euch eine Jause eingepackt. Wer weiß, ob es da ein Wirtshaus gibt.«

»Ach, Anna, du glaubst immer, wir verhungern. Danke!« Marie nahm das Paket und Oskar steckte es in seinen Rucksack.

Nach einem kurzen, verstohlenen Kuss in der Sternwartestraße nahm Oskar Maries Hand und blickte sie nachdenklich an. »Ich würde gerne noch etwas erledigen, bevor wir aufbrechen.«

»Ja, was denn? Musst du noch mal ins Geschäft? Hast du was vergessen?«

»Nein, ich möchte kurz da oben ins Sanatorium.«

»Was willst du denn da? Bist du krank? Und selbst wenn …« Marie lachte auf: »Das Sanatorium kannst du dir wohl nicht leisten. Obwohl du ein gut verdienender Buchhändler bist.«

»Nein, ich möchte jemanden besuchen. Die Fanni Gold ist da jetzt untergebracht.«

Marie erschrak. Für sie war die junge, reiche Buchhändlertochter aus der Innenstadt stets eine Bedrohung gewesen. Natürlich hatte sie mitbekommen, dass Friedrich Stock und Jakob Gold eine Liaison zwischen Oskar und Fanni befürwortet hätten. Und dass Oskar mit ihr in der Oper und danach im Sacher gewesen war. Sie hatte damals durch Zufall von diesem

Rendezvous erfahren und war so grantig auf Oskar gewesen, dass sie einen ganzen Tag fast nichts mit ihm gesprochen hatte, obwohl sie einen Ausflug in die Menagerie gemacht hatten. Oskar hatte natürlich ihre Verstimmung bemerkt und sie so lange gedrängt, bis es aus ihr herausgebrochen war: »Nimm nur die Buchhändlertochter! Das ist eine gebildete Frau und das Beste für deine Zukunft!«, hatte sie ihn damals angezischt und war selbst erschrocken, wie verletzt und beleidigt sie war.

Als Oskar sie angelacht und ihr erzählt hatte, dass Fanni zwar ein tolles Mädel sei, sich aber nicht für Männer interessiere, wusste Marie nicht, was sie davon halten sollte. Und dann war dieses schreckliche Unglück passiert. Seit Marie davon erfahren hatte, verging kein Tag, an dem sie nicht an die ihr unbekannte junge Frau dachte, nahezu jeden Abend sprach sie ein kurzes Gebet für sie. Die Nachricht über ihre Rettung hatte Marie erleichtert aufgenommen. Es hatte sich fast angefühlt, als wäre eine Freundin knapp dem Tod entronnen.

Nun war Fanni Gold also hier. Ganz in ihrer Nähe – das Sanatorium lag gerade mal fünf Gehminuten vom Haus der Schnitzlers entfernt.

»Na gut, dann bleib ich so lange hier, und du holst mich später ab.« Marie hatte sich schon umgedreht und wollte zurück ins Haus.

»Nein, ich hätte gerne, dass du mitkommst! Ich finde, ihr könntet euch jetzt auch mal kennenlernen. Du bist doch meine Freundin.«

»Aber meinst du denn, das wäre ihr recht?«

»Ich weiß es nicht. Das letzte Mal, als ich sie gesehen habe, war sie so schlecht beisammen, da war ihr alles egal. Wir gehen einfach hin und fragen sie.«

»Wenn du meinst …«

Oskar sagte nicht ganz die Wahrheit, denn der eigentliche Grund war, dass es ihm davor graute, Fanni zu besuchen. Er wollte nicht ins Sanatorium, und allein der Gedanke an die junge, depressive Frau machte ihn traurig. Auch wenn er ein schlechtes Gewissen deshalb hatte: Marie war ein wenig wie ein Schutzschild für ihn, an ihrer Seite war das alles vielleicht nicht ganz so bedrückend.

Ein Gefühl sagte ihm, dass es für Fanni in irgendeiner Art gut sein könnte, Marie kennenzulernen. Marie mit ihrer herzlichen, unverstellten, ja auch ungebildeten Art. Wer weiß, es könnte ja sein, dass sich Fanni ihr gegenüber ein wenig öffnete.

Marie kannte das imposante Gebäude natürlich. Es war ganz in der Nähe der Schnitzler-Villa, doch seit Heini ihr erzählt hatte, dass man seine Großmutter dorthin gebracht habe, als sie krank gewesen sei, vermied sie es, mit den Kindern daran vorbeizugehen. Er hatte sie damals nicht besuchen dürfen, Kindern war der Zutritt ins Sanatorium verwehrt. »Und ich hab sie gar nicht mehr gesehen, dann ist sie gestorben«, hatte er ganz leise mit Blick auf das große, stattliche Haus geflüstert. Seitdem machte sie einen Bogen um das Gelände, zumindest wenn sie mit den Kindern unterwegs war.

Es waren drei riesige Pavillons, die miteinander verbunden waren, der Eingang befand sich im mittleren. Schon als sie durch das hohe, schmiedeeiserne Tor kamen, wollte Marie am liebsten umdrehen, und auch Oskars Schritte waren zögerlicher geworden.

Sie traten durch die große, hölzerne Eingangstür und Marie blickte sich um. Schick war das hier, imposant und teuer sah es aus. Orientalische Teppiche, große Spiegel mit schweren Goldrahmen, exotische Pflanzen … all das wirkte eher wie ein Luxushotel als wie ein Krankenhaus. Auf dem kurzen Weg hierher hatte Oskar ihr erzählt, dass das Sanatorium erst vor ein paar Jahren eröffnet worden sei und lediglich für achtzig Leute Platz habe.

»Aber das Haus ist größer als das Krankenhaus in der Mariannengasse!«

»Ja, schon. Hier sind ja keine normalen Patienten, keine armen Leute. Es gibt eine Bibliothek und ein Billardzimmer und sogar ein eigenes Musikzimmer.«

»Manchmal geh ich hier vorbei, und da ist mir der Tennisplatz aufgefallen. Spielen hab ich aber noch nie jemanden sehen.«

»Ja, lauter wohlhabende Leute sind hier. Aber krank sind sie trotzdem.«

Sie traten in den Empfangsbereich, und Oskar ging zielstrebig auf eine streng aussehende Dame hinter einem hohen Tresen zu. »Guten Tag, wir würden gerne Fräulein Gold besuchen. Fanni Gold.«

»Und Sie sind?«

»Mein Name ist Oskar Nowak. Und die junge Dame hier heißt Marie Haidinger. Wir sind Freunde von Fräulein Gold.«

»Da muss ich erst nachfragen. Fräulein Gold hat noch nie Besuch bekommen – außer von ihren Eltern. Einen Augenblick bitte.« Die Frau sprach ein paar Worte in den Hörer eines großen, schwarzen Telefons, dann hellte sich ihre Miene auf und sie lächelte die beiden freundlich an: »Bitte sehr. Herr Doktor Wittels hat nichts dagegen. Zimmer 65, das ist im zweiten Stock. Mit dem Aufzug rauf und dann rechts, das Zimmer ganz hinten.«

Im holzgetäfelten Paternoster betrachteten sich Oskar und Marie kurz im großen Spiegel, der an der Rückwand angebracht war. »Wir sind doch ein hübsches Paar, oder?«, lachte Oskar und fasste Marie um die Hüfte.

»Ich weiß nicht, ob das eine gute Idee ist.« Marie runzelte die Stirn und entwand sich seinem Griff.

»Was denn? Dass wir ein Paar sind?« Oskar schaute ganz erschrocken. »Jesus, jetzt haben wir das Aussteigen vergessen.«

Sie sprangen im dritten Stock aus dem Aufzug und stiegen daneben in die hinabfahrende Kabine.

»Also – was ist keine gute Idee, meine Liebe?«

»Na ja, dass ich die Fanni besuchen gehe. Sie kennt mich doch gar nicht, und wo sie doch so krank ist.«

»Na, dann lernt sie dich jetzt kennen. Hab keine Angst, sie wird dich mögen. Wie könnte man dich nicht mögen?«

Oskar klopfte entschlossen an die Tür mit der Nummer 65 und wartete kurz. Nachdem keine Antwort zu hören war, drückte er kurzerhand die Klinke runter und trat, dicht gefolgt von Marie, in einen sonnendurchfluteten Raum.

Fanni saß in einem Sessel direkt vor dem Fenster im Erker und sah auf den Park hinaus. Sie bewegte sich nicht, es war, als hätte sie zunächst gar nicht bemerkt, dass jemand ins Zimmer gekommen war. Oskar räusperte sich, er wollte Fanni nicht erschrecken. Da drehte sie sich um und sah die beiden an. Ihr Blick war leer, das Gesicht blass, die Haare hatte sie zu einem unordentlichen Dutt hochgebunden. Seit seinem letzten Besuch vor ein paar Wochen schien sie noch mehr an Gewicht verloren zu haben. Nach einer gefühlten Ewigkeit huschte ein Zeichen des Erkennens über ihr Gesicht. »Oskar«, sagte sie leise und stand aus ihrem Fauteuil auf. »Und wer sind Sie?«

»Ich bin die Marie. Also, ich bin eine Freundin von Oskar. Er hatte gemeint, ich solle mitkommen und Sie kennenlernen. Aber wenn Sie möchten, geh ich auch wieder und warte unten.«

»Warum denn? Warum sollte ich Sie nicht kennenlernen wollen? Ich freue mich.«

Fanni Gold sah nicht so aus, als könnte sie sich über irgendetwas freuen. Sie versuchte zwar, freundlich auszusehen, aber in ihrem Blick war kein Funken eines Lächelns zu sehen, und die Umarmung, mit der sie Oskar begrüßte, war steif und hölzern. Sie schien ihn eher von sich abhalten zu wollen, als ihn zu sehr in ihre Nähe zu lassen.

»Willkommen in meinem edlen Gemach. Ich kann euch Kaffee bringen lassen. Nehmt doch Platz!«

Sie wies auf das kleine Sofa, Marie setzte sich auf die äußerste Kante und fühlte sich sehr unbehaglich. Obwohl die Sonne durch die Gardinen schien, wirkte der Raum düster, und nach ein paar Minuten hatte sie das Gefühl, als wäre im Zimmer zu wenig Luft, sie hatte geradezu Schwierigkeiten zu atmen. »Ich würde gerne in den Garten rausgehen«, sagte sie und erschrak ein wenig, als sie hörte, wie schroff ihre Stimme klang. Sie war aufgestanden und zum Fenster gegangen, und ohne die Zustimmung der Zimmerbewohnerin einzuholen, zog sie die Vorhänge ganz zurück, riss beide Flügel auf und schaute in den weitläufigen Park hinunter.

»Ich gehe nie raus.« Fanni hatte sich ebenfalls erhoben. Sie stand einen Schritt hinter Marie und blickte nachdenklich über die Baumwipfel in den Himmel.

»Aber warum denn nicht? Es ist wunderschön da draußen! Es ist nicht mehr so heiß und es riecht schon ein bisschen nach Herbst. Dürfen Sie nicht raus?«

»Ich habe nicht gefragt. Aber ich glaube schon, ich bin ja schließlich nicht im Gefängnis.«

»Na dann, gehen wir doch ein bisschen spazieren. Oskar und ich wollten eigentlich eine Wanderung machen.«

»Ich weiß nicht so recht. Es ist so … so groß da draußen. Und ich kenn mich nicht aus.«

»Aber ich kenn mich aus. Außerdem gehen wir nur in den Garten.«

»Marie, lass sie doch, wenn sie nicht mag.« Oskar war hinzugetreten und legte Marie sachte eine Hand auf die Schulter.

Marie drehte sich zu ihm um und sagte bestimmt: »Ich glaube aber, dass es ihr guttun würde. Ich glaube, sie mag eh, nur weiß sie es noch nicht.« Marie lachte Fanni an, und zum ersten Mal meinte sie, einen Funken Leben in ihrem Blick zu erkennen.

Zumindest war die Patientin ein wenig aufgewacht und schien über Maries Vorschlag nachzudenken.

»Na gut«, sagte Fanni schließlich leise und ging zaghaft in Richtung Zimmertür. Marie nahm rasch einen großen Schal, der über der Sofalehne hing, und legte ihn Fanni um die Schultern. Und als diese ihn vorne zusammennahm, berührte sie kurz Maries Hand und drückte sie einen Augenblick. Marie warf Oskar einen Blick zu, und der verstand sofort: *Sag jetzt einfach nichts. Halte dich im Hintergrund und lass mich einfach machen,* sollte das wohl heißen. Oskar spürte, dass gerade etwas Besonderes zwischen den beiden Frauen entstand, Marie machte wohl instinktiv das Richtige, was immer es auch war.

»Ah, das Fräulein Gold! Das sehe ich ja mit Vergnügen! Sie gehen hinaus?«

Ein Arzt kam ihnen mit federnden Schritten auf dem Treppenabsatz entgegen, sie hatten Fanni am Paternoster vorbei ins Stiegenhaus gelotst. Seltsamerweise drehte sich die junge Frau weg und beachtete den Arzt nicht weiter, sie blickte einfach an ihm vorbei, beantwortete seine Frage nicht, ja nickte ihm nicht einmal zu. Marie grüßte ihn schüchtern, fasste Fanni am Arm und schob sie weiter. Oskar hingegen fühlte sich bemüßigt, eine Erklärung abzugeben, und verbeugte sich kurz. »Wir gehen nur ein bisschen hinunter in den Garten. Wo doch so schönes Wetter ist. Ich hoffe, es spricht nichts dagegen?«

»Nur zu, nur zu. Ein wenig frische Luft würde dem Fräulein Gold sicherlich nicht schaden, ganz im Gegenteil. Bis jetzt hat sie leider nicht auf unsere Einladungen in den Garten reagiert.«

An der Tür, die in den kleinen Vorgarten führte, blieb Fanni stehen und atmete tief ein. Sie bewegte sich nicht, reckte das Kinn nach oben und fixierte einen Punkt in der Ferne. Oskar wurde ganz unruhig. Was wäre, wenn Fanni hier einen Zusammenbruch erlitte, was sollten sie tun? Er fühlte sich der Situation ganz und gar nicht gewachsen. Marie hingegen schien zu wissen, was das Richtige für die Patientin war. Sie stellte sich neben sie, legte ihr eine Hand sachte auf den Rücken und blickte mit ihr schweigend in die Ferne. Und dann sagte sie mit sanfter Stimme, so als würde sie ein aufgeregtes Kind beruhigen: »Komm, wir gehen die paar Meter da zu dieser Bank unter der Linde. Das ist nicht weit, das schaffst du.«

Marie war zum Du übergegangen, Oskar bemerkte es erstaunt, doch es fühlte sich gut an. Vertraut und passend. Und wirklich: Fanni begann in kleinen Schritten auf den großen Baum zuzugehen. Am Anfang war sie noch unsicher, als ginge sie auf einer Eisfläche. Doch nach ein paar Metern wurde ihr Schritt fester. Immer noch mit Maries Hand auf dem Rücken näherte sich Fanni zielstrebig der verwitterten Holzbank. Sie ließ sich seufzend daraufsinken, und ihr Gesicht war nass von Schweiß.

»War das dein Arzt?«

»Ja, das war der Herr Doktor Witte. Ich kann ihn nicht ausstehen, ich spreche nicht mit ihm.«

»Aber wenn er dein Arzt ist, dann solltest du mit ihm sprechen.«

»Ich hab ihn mir nicht ausgesucht.«

Marie ging nicht weiter darauf ein, sie brach einen kleinen Zweig ab und drückte ihn Fanni in die Hand. »Hörst du die Vögel?« Ihre Stimme klang ein wenig, als würde sie mit der kleinen Lili sprechen. Fanni hob den Kopf und schaute nach oben.

In den letzten Wochen hatte sich Oskar immer wieder vorgenommen, die Familie Gold noch einmal zu besuchen, hatte sich aber nicht dazu aufraffen können. Er hatte Angst gehabt, dass ihm nichts einfiele, was er mit Fanni reden könnte. Und er wusste nicht, wie er mit der Kranken umgehen sollte. Also schob er den Besuch immer wieder auf, bis ihn schließlich vor einer Woche Jakob Gold anrief und ihm mitteilte, dass seine Tochter nun im Cottage-Sanatorium stationär aufgenommen worden sei. Er sei doch in der Nähe – ob er nicht auf einen Besuch vorbeigehen könne. Er wisse zwar, dass sie sich kaum kennen würden, aber Fanni brauche jetzt ein bisschen Unterstützung von allen Seiten. Vielleicht könne man ja an die Sympathie, die vor dem großen Unglück zwischen ihnen entstanden sei, ein wenig anknüpfen? Was blieb Oskar also anderes übrig, als zu versprechen, am nächsten freien Tag das Sanatorium aufzusuchen? Kurzerhand beschloss er, Marie zu überrumpeln und sie einfach mitzunehmen. Ohne große Ankündigung, sonst hätte sie wohl Nein gesagt.

Es schien die richtige Entscheidung gewesen zu sein. Oskar hielt sich ein wenig abseits und beobachtete die beiden jungen Frauen.

Sie saßen auf der Bank unter der Linde wie zwei alte Freundinnen, Marie plauderte mit Fanni, sie sprach über nichts von Bedeutung, nur über die Blätter, die sich schon zu verfärben begannen, und wie viel Kraft die Sonne noch habe, obwohl doch schon fast Herbst sei. Marie zeigte auf ein Eichkätzchen, das in den Ästen sprang, und erzählte, dass die kleine Lili Schnitzler zu den Eichkätzchen immer »Kaninchen« sagte, weil sie die Wörter verwechselte. Und Fanni saß da und hörte zu, sah Marie hin und wieder an. Es war, als hätten ihre Wangen in der letzten halben Stunde ein bisschen Farbe bekommen, auch ihre Augen leuchteten ein wenig.

Oskar fühlte sich überflüssig, irgendwann ging er ins Haus, um eine Karaffe Wasser und drei Gläser zu holen. In der Eingangshalle des Sanatoriums begegnete er Dr. Witte, dem Arzt von vorhin, der ihn freundlich anlächelte. »Das ist ja schier unglaublich, wie Ihre Begleitung es schafft, das Fräulein Gold aus ihrer Lethargie zu holen. Sind die beiden schon länger miteinander befreundet?«

»Nein, nein. Sie haben sich gerade erst kennengelernt.«

»Tatsächlich? Na, wie gesagt, einfach unglaublich. Seit zwei Wochen ist sie nun hier, und bisher hat sie keine Fortschritte gemacht.«

»Was haben Sie denn für Behandlungsmethoden, wenn ich fragen darf?«

»Verzeihen Sie, aber das kann ich Ihnen nicht sagen. Sie sind ja kein Angehöriger. Ich kann Ihnen aber versichern, dass Ihre kleine Freundin da draußen gut für das Fräulein Gold ist. Sie sollte sie regelmäßig besuchen. Ließe sich das einrichten?«

»Das weiß ich leider nicht. Sie ist Kindermädchen im Hause des Herrn Doktor Schnitzler.«

»Ah, Kindermädchen. Wie originell. Na, wie auch immer, anscheinend hat sie einen guten Draht zur Patientin. Wir sind hier sehr flexibel. Sie kann das Fräulein Gold jederzeit besuchen. Auch am Abend.«

Oskar kehrte zurück zu den beiden, und Fanni warf ihm einen Blick zu. Sie sah müde aus, aber bedeutend lebendiger als noch vor einer halben Stunde. Marie erzählte gerade von ihren Ferien auf der Insel und dass sie sich bis zum Schluss vor dem Meer gefürchtet habe. »Ich hab nur einmal Schuhe und Strümpfe ausgezogen und bin ein Stückerl reingegangen …« Sie verstummte plötzlich und hielt sich die Hand vor den Mund. »Es tut mir leid … ich wollte nicht …«

»Was tut dir leid?« Fannis Stimme klang scharf.

»Na, dass ich vom Wasser und vom Meer spreche, wo du doch …«

»Fast ertrunken wärst? Wolltest du sagen?«

»Ja, das war taktlos. Entschuldige.«

»Das ist schon in Ordnung. Ich kann ja in Zukunft nicht jedes Mal den Raum verlassen, wenn jemand über Wasser spricht. Sollte ich überhaupt jemals wieder einen normalen Raum, in dem sich Menschen unterhalten, betreten.«

»Das wirst du ganz sicher! Du wirst jetzt ganz schnell wieder gesund und …«

»Und was? Wieder so wie früher?«

»Nein, das wollte ich nicht sagen. Das wäre eine Lüge. Du wirst nie mehr so wie früher, aber du wirst weiterleben. Anders halt, aber man muss immer weitermachen.«

»Du klingst so, als wüsstest du das.«

»Ja, ich weiß das auch. Ich hatte auch schon Momente in meinem Leben, wo einfach alles nur schrecklich war. Aber auch wenn man es nicht glaubt, es geht vorbei. Irgendwie geht's immer vorbei. Und dann freut man sich halt wieder an den kleinen Dingen. Vogelgezwitscher. Oder Regen im Sommer. Ach, es gibt so vieles, über das man sich freuen kann. Du siehst es jetzt nicht, aber du wirst es wieder sehen. Ganz sicher.«

»Vielleicht hast du recht. Aber jetzt bin ich müde. Lass uns reingehen.«

Sie begleiteten Fanni in ihr Zimmer, Marie nahm sie an der Hand und führte sie zum Bett, auf das sie augenblicklich sank.

»Lebe wohl«, sagte Marie leise, faltete den Schal sorgfältig und legte ihn auf das Fußende.

Da richtete sich Fanni noch einmal auf und griff nach Maries Hand. »Marie?«

»Ja?«

»Kommst du mich wieder besuchen?«

»Natürlich. Ich schaue, wie ich es einrichten kann. Du weißt, ich bin Kindermädchen, ich kann nicht einfach so das Haus verlassen. Aber ich komme sicher wieder.«

Es war schon nach elf, als sie vor dem Sanatorium standen, die Sonne stand hoch am Himmel. Sie gingen durch das große Tor, Marie blieb auf dem Trottoir stehen und atmete einmal tief durch.

»Wie geht es dir?« Oskar strich ihr fürsorglich über die Wange.

»Mir geht es gut, du musst dich nicht sorgen. Ich fühle mich nur gerade, als wäre ich kurz ganz woanders gewesen.«

»Das warst du auch, meine Liebe. Das warst du auch.«

»Es ist schon spät. Aus unserer langen Wanderung wird heute wohl nichts mehr.«

»Ja, da hast du wahrscheinlich recht. Wann musst du denn zu Hause sein?«

»Die Kinder kommen um fünf. Bis dahin kann ich wegbleiben.«

»Na ja, dann gehen wir doch nicht so weit, gehen wir auf den Michaelaberg?«

»Keine Ahnung, wo der Michaelaberg ist. Aber du wirst es schon wissen.«

Die erste Stunde der Wanderung waren beide sehr still, jeder hing seinen Gedanken nach, Marie sah kaum auf, setzte einen Fuß vor den anderen und bemühte sich, Oskars Tempo zu halten. Sie gingen an einem Park entlang, einem riesigen Gelände, das sich in Privatbesitz befand. Der Weg stieg stetig an, bald waren beide ziemlich verschwitzt, und als sie schließlich oben waren, setzten sie sich auf einen umgestürzten Baumstamm und Oskar holte den Proviant aus seinem Rucksack.

»Na siehst du! War doch gut, dass uns die Anna was eingepackt hat«, meinte Marie und biss herzhaft in ein Butterbrot.

»Ich hab dich recht bewundert heute.« Oskar legte sein Brot vor sich auf das Holz und blickte Marie an.

»Wegen dem bisschen Berg? Da brauche ich schon mehr zum Schlappmachen«, lachte Marie.

»Das meine ich nicht. Ich meine, wie du da heute mit der Fanni geredet hast.«

»Was meinst du? Ich hab doch einfach ganz normal mit ihr geredet.«

»Ja, genau. Das meine ich ja. Ganz normal. Als wär sie auch normal.«

Marie schwieg und hing einen Moment ihren Gedanken nach. »Eigentlich ist sie ja auch normal. Wenn einem so etwas passiert, dann kann man doch nicht so sein wie vorher, oder?«

»Nein, eh nicht. Aber ich hab heute gedacht, dass dein Besuch mehr gebracht hat als all diese Ärzte, die da um sie herumdoktern.«

»Jetzt übertreibst ein bisserl. Das ist schon gut, dass sie in diesem Sanatorium ist. Stell dir vor, die tut sich was an.«

»Ja, eben. Weißt du, zu Hause musste immer das Dienstmädchen in ihrem Zimmer sein. Die haben dem armen Ding ein Bett vor das Fenster gestellt, damit die Fanni nicht hinkommt.«

»Mein Gott, wie schrecklich! Stell dir vor, das Mädchen schläft und merkt das nicht und dann springt Fanni aus dem Fenster.« Marie schüttelte sich.

»Du musst sie wieder besuchen! Unbedingt!«

»Würde ich ja eh, aber du stellst dir das so leicht vor. Ich kann nicht einfach so aus dem Haus spazieren und den Herrschaften sagen, sie sollen selber auf ihre Kinder schauen, weil ich einen Besuch machen muss.«

»Ja, ich weiß. Aber es wär so gut für die Fanni. Du wärst gut für sie. Ich glaub, ihr könntet richtige Freundinnen werden.«

»Ach, du Dummer! Wieso soll denn so eine gescheite, wohlhabende Frau mit so einem Dorfmädel wie mir befreundet sein wollen?«

»Du bist längst kein Dorfmädel mehr. Du bist genauso gescheit wie viele, die länger in der Schule waren.«

»Ja, aber nicht so ... wie heißt das? ... gebildet. Aber wenn du mir immer wieder so schöne Bücher gibst, dann wird noch was aus mir. Das *Bergkristall* war viel zu dünn für den langen Urlaub.«

»Wie hat's dir denn gefallen?«

»Sehr gut. Also am Anfang war's mir ein bisschen fad, wegen der ganzen Landschaft, die der da beschreibt. Aber dann habe ich es noch mal gelesen, und dann hab ich das alles vor mir gesehen: die Berge und die Wälder und den Himmel und alles. Und dann war es so spannend. Bei den Kindern musste ich immer an den Heini und die Lili denken.«

»Schön, dass es dir gefallen hat.«

»Ja, und ein bisschen hat's mich auch an zu Hause erinnert. Auch wenn es bei uns nicht so hohe Berge gibt. Aber geschneit hat es schon manchmal arg, und wenn wir dann von der Kirche heimmussten, war das ganz schön unheimlich. Krieg ich bald was Neues zum Lesen?«

»Sicher! Ich denk schon drüber nach, was es sein wird.«

»Gut. Ich freu mich.«

»Marie, ich denk auch noch über was anderes nach.« Oskar blickte angestrengt in den Wald, als würde er zwischen den Bäumen etwas suchen.

»Über was denn?«

»Wie das mit uns weitergeht.«

»Ja, wie soll es denn weitergehen?« Maries Herz setzte einen Moment aus, und sie verschluckte sich fast an einem Bissen Brot. Sie spürte, was jetzt kommen würde, hatte es sich in den letzten Wochen oft vorgestellt, und nun hatte sie Angst.

»Ja, hast mich denn gern?«, fragte Oskar.

»Du kannst aber blöd fragen. Natürlich hab ich dich gern.«

»Ja, und könntest du dir denn vorstellen, meine Frau zu werden?«

Marie ließ das Brot sinken und blickte Oskar ernst an. Leise sagte sie: »Ob ich mir das vorstellen kann? War das jetzt ein Heiratsantrag?«

»Ja, ich glaube schon. Das war ein Heiratsantrag.«

»Ja, freilich kann ich mir das vorstellen. Aber wie soll das denn gehen?«

»Das wird sich schon zeigen. Also – du kannst es dir vorstellen. War das ein Ja?«

»Ja, das war ein Ja. Auch wenn ich nicht weiß, wie wir das machen sollen. Wir haben kein Geld, keine Wohnung, keine Eltern, und von deinem Gehalt kannst gerade mal du überleben.«

»Ja, ich weiß, das ist alles schwierig. Aber das Wichtigste ist jetzt erst mal, dass wir uns lieb haben. Jetzt leg doch mal das blöde Brot weg.«

Maries verlegenes Lachen wurde mit einem Kuss beendet.

Das Ehepaar Schnitzler war seit einer Woche wieder zurück, Heini ging ins Gymnasium, der Herr Doktor verschwand jeden Tag für viele Stunden mit dem Fräulein Pollak in seinem Arbeitszimmer. Die Routine war nach dem Sommer wieder eingekehrt ins Haus in der Sternwartestraße.

Marie diskutierte gerade mit Lili, die wieder mal ihr Mäntelchen nicht anziehen wollte, als der gnädige Herr aus dem Arbeitszimmer trat und Marie mit einer Handbewegung zu sich bat. »Auf ein Wort, Fräulein Marie?«

»Sehr wohl, Herr Doktor. Lili, geh rasch in die Küche zur Anna und schau, ob sie was Gutes hat für dich.«

»Will aber zu Papa.« Für das Kind war es ungewohnt, den Vater am Vormittag zu sehen, Lili nutzte die Gelegenheit und rannte auf ihn zu.

»Na, dann komm mit, du kleiner Schlingel«, brummte er gutmütig und nahm sie auf den Arm. »Musst aber still sein, ich muss mit der Marie etwas besprechen.«

Marie durchforstete ihr Gedächtnis. War irgendetwas vorgefallen? Gab es einen Anlass zu einer Beschwerde? Ihre Hände wurden feucht, und das Herz klopfte viel zu schnell. – Oh Gott, ständig hatte sie Angst, aus irgendeinem Grund diese Arbeit zu verlieren.

»Ich habe da einen Brief bekommen.« Arthur Schnitzler nahm ein Blatt Papier von seinem Schreibtisch und hielt es so, dass Marie die Unterschrift nicht erkennen konnte. Hatte sich jemand über sie beschwert? Hatte jemand ihre Küsse mit Oskar beobachtet und denunzierte sie?

»Von einem Herrn Jakob Gold. Kennen Sie den?«

»Nein, gnädiger Herr.« Maries Stimme war ganz heiser.

»Er ist Buchhändler in der Stadt.«

»Ja, Herr Doktor. Ich weiß.«

»Also kennen Sie ihn doch? Jetzt lassen Sie sich doch nicht alles aus der Nase ziehen!«

»Ich kenne ihn nicht, Herr Doktor. Ich kenne nur seine Tochter, die Fanni Gold.«

»Ja, und genau um die geht es in diesem Brief. Jakob Gold, also der Vater dieser Fanni schreibt, dass Sie so einen guten Einfluss auf seine kranke Tochter haben.«

Marie wurde es recht unbehaglich, sie trat von einem Fuß auf den anderen. »Ich hab sie nur ein Mal gesehen.«

»Mein Gott, jetzt entspannen Sie sich doch und hören Sie auf, hier so herumzuzappeln. Also wie auch immer, der Herr Gold fragt, ob es möglich wäre, dass Sie seine Tochter regelmäßig im Sanatorium besuchen. Das ist da gleich um die Ecke.«

»Ich weiß, Herr Doktor.«

»Ah ja, Sie waren ja schon mal da. Also – möchten Sie das machen?«

»Wenn Sie es gestatten, Herr Doktor, würde ich es gerne.«

»Na, wenn es dem Mädel hilft, dann wollen wir es gestatten. Sie können einmal in der Woche einen Besuch machen, wenn der Heini in der Schule ist, die Lili lassen Sie dann bei der Köchin.«

»Ich will mit Marie gehen!« Lili, die bisher still am Schreibtisch des Vaters gesessen hatte, brachte sich lautstark in Erinnerung.

»Das ist ein Spital, das ist nichts für gesunde kleine Mädchen. Und die Marie bleibt auch nicht lange dort, die besucht nur eine kranke Frau. ... Sie nehmen das Kind nicht mit, Fräulein Marie!«

»Nein, Herr Doktor. Natürlich nicht. Ich danke Ihnen für Ihre Großzügigkeit.«

»Aber nicht, dass Sie mir hier kündigen und Krankenschwester werden!«

»Nein, Herr Doktor. Ich bleib schon gern bei Ihnen.«

Und so kam es, dass Marie einmal die Woche, meistens dienstags, für eine Stunde ins Cottage-Sanatorium ging, um Fanni Gold zu besuchen.

Am Anfang war Marie etwas befangen, wenn sie alleine das große Gebäude betrat, doch nach dem dritten Besuch wartete Fanni immer schon in der Halle auf sie. Bald schlug sie vor, ihren Spaziergang etwas auszudehnen, und so ließen sie die Bank unter der Linde hinter sich und drehten im weitläufigen Garten ihre Runden. Marie erzählte von den Kindern und plauderte Belangloses – über die Köchin Anna und Sophie, das etwas einfältige Dienstmädchen im Hause Schnitzler. Nach und nach begann auch Fanni wieder mehr zu reden, über ihre Kindheit in der großen Buchhandlung am Graben, ihre Eltern und dass sie immer gerne Geschwister gehabt hätte. Über die schrecklichen Erlebnisse auf dem Schiff sprachen sie nie, Marie fragte nicht, Fanni erzählte nichts.

Jänner 1913

WIEDER EINMAL HATTEN SIE das Weihnachtsgeschäft überstanden. Und wie jedes Jahr, wenn es vorbei war, war Oskar erstaunt, wie viele Bücher man verkaufen konnte, wie viele Geschichten erzählen, wie viele Geschenke verpacken. Zwischen Weihnachten und Neujahr blieb der Laden zu, Herr Stock hatte es seit Jahren zum ersten Mal so beschlossen. »Wir haben gute Umsätze gemacht, November und Dezember, das gönnen wir uns jetzt. Und ich bin recht erschöpft, und du musst dich auch ein bisschen ausruhen.«

Oskar genoss die freien Tage, schlief lange, las viel und leistete sich einen Theaterbesuch auf dem Stehplatz. Marie konnte er nicht treffen, sie hatte zwar einige Tage frei, lag aber mit einer Erkältung und Fieber im Bett. Oskar war extra zu Fuß den ganzen Weg vom zweiten Bezirk in die Sternwartestraße gegangen, nur um dann von Anna an der Haustür abgewimmelt zu werden. So nett sie sonst zu ihm war, an diesem Tag war sie unerbittlich: Nein, Marie könne nicht an die Tür kommen, und nein, natürlich könne er sie nicht auf dem Zimmer besuchen. Enttäuscht machte er sich auf den Heimweg und trank unterwegs noch einen heißen Tee mit Rum.

Dabei hatten sie sich bereits den ganzen Dezember über kaum gesehen, ein, zwei Mal kam sie mit den Kindern, um für ihren Dienstherrn etwas abzuholen, dann versuchten sie, kurz ein paar Worte zu wechseln.

Einmal schafften sie es sogar, sich im Büro heimlich kurz zu umarmen, und am achten Dezember, zu Mariä Empfängnis, waren die Geschäfte zu und Marie hatte freibekommen, weil die Familie mit den Kindern bei Arthur Schnitzlers Bruder einen Besuch machte. Oskar und Marie verabredeten sich mit Fanni in der Stadt. Der ging es deutlich besser, sie war im November aus der Klinik entlassen worden, und im Dezember hatte sie sogar ab und zu ein paar Stunden in der elterlichen Buchhandlung gearbeitet.

Seit Fanni nicht mehr im Sanatorium wohnte, hatten sich die beiden Frauen kaum gesehen, denn als sie mehr oder weniger genesen entlassen wurde, sah Arthur Schnitzler die Notwendigkeit der Treffen nicht mehr und strich Marie die »freien« Vormittage. Sie vermisste die Besuche und die Gespräche mit Fanni, sie waren wohl wirklich so etwas wie Freundinnen geworden.

An diesem Feiertag aber fühlte Marie sich wie das fünfte Rad am Wagen. Sie saßen im Café Museum, tranken Melange und aßen Sachertorte, Fanni wollte sie unbedingt einladen. Marie war zum ersten Mal in diesem Kaffeehaus, und nachdem Oskar ihr auf der Hinfahrt davon vorgeschwärmt hatte, war sie ziemlich enttäuscht, als sie durch den dicken Vorhang, der die Kälte von draußen abhalten sollte, traten. Marie war bisher nur zwei Mal in einem Kaffeehaus gewesen und war immer ganz verzaubert gewesen von dem Samt, dem Plüsch und dem Stuck, doch dieses hier war kahl und ungemütlich. Oskar hatte es als »schlicht« bezeichnet, doch die kleinen Marmortische und einfachen Holzstühle ließen so gar keine Atmosphäre aufkommen, und die an der hohen Gewölbedecke hängenden Glühbirnen ohne Lampenschirme erinnerten Marie mehr an eine Bahnhofshalle als an ein schickes Wiener Kaffeehaus.

Oskar und Fanni sprachen fast ausschließlich über das laufende Weihnachtsgeschäft. Welche Bücher sich am besten verkaufen würden, was wohl ausgehen würde, was für anstrengende Kunden sie hätten. Marie konnte nicht mitreden, sie hatte nichts zu erzählen. Ihr Alltag bestand darin, Heinrich bei den Hausaufgaben zu überwachen, Lili stundenlang vorzulesen, weil diese wegen einer Bronchitis ein paar Tage nicht aus dem Haus durfte, und Anna in der Küche zur Hand zu gehen. Der spannende Höhepunkt der letzten Woche war ein dramatischer Streit des Ehepaares Schnitzler gewesen, während dessen die gnädige Frau ein paar Teller auf den Boden geworfen und sogar der Herr Doktor seine Stimme erhoben hatte. Aber das würde sie aus Diskretion niemals erzählen können, zumindest nicht im Kaffeehaus. Ihr Leben war also nicht wirklich aufregend. Dabei war ihr noch vor einem Jahr dieses Leben als das beste erschienen, das sie je erreichen konnte. War sie etwa undankbar?

Marie dachte an die Vormittage, die sie alleine mit Fanni verbracht hatte, erinnerte sich an die Gespräche, die sie geführt hatten und in denen sie sich der jungen Frau sehr nahe gefühlt hatte, trotz des Standesunterschiedes. Und nun saß sie hier in diesem ungemütlichen Kaffeehaus und war neidisch und ein wenig eifersüchtig.

Das Weihnachtsfest verlief für alle friedlich, es war ja schon Maries zweites im Hause Schnitzler, sie wunderte sich nicht mehr über den vielen Besuch, das üppige Essen und die reichlichen Geschenke für die Kinder.

Am Abend, als ihre Dienste nicht mehr gebraucht wurden, zog sie sich in ihre Kammer zurück und las ein wenig im *Bergkristall* – sie liebte die Stelle, an der Konrad und Sanna gefunden wurden. Sie konnte sie immer und immer wieder lesen, dabei dachte sie ein wenig wehmütig an die Großmutter. Wie gerne würde sie wissen, ob sie noch am Leben war.

Natürlich hatte sie zu Weihnachten wieder ein Buch bekommen, sie stellte es stolz auf ihre Kommode. *Gullivers Reisen* eines gewissen Jonathan Swift hatte ihr Oskar dieses Mal geschenkt; mit den Worten »Ich bin gespannt, ob du das magst, das ist einmal ganz was anderes« hatte er ihr das Päckchen überreicht. Nun hatte sie ein wenig Scheu, das Buch zu öffnen, und stellte es zu den anderen auf die Kommode. Unglaubliche fünf Bücher besaß sie nun schon, und inzwischen war sie eine geübte Leserin – wer weiß, vielleicht konnte sie in ferner Zukunft Oskar ja doch ein wenig in der Buchhandlung zur Hand gehen?

Oskar verbrachte seinen Weihnachtsabend wie immer bei Friedrich Stock. Sie aßen zusammen und tranken eine Flasche Wein. Unterhalten konnten sich die beiden an diesem Abend nicht mehr viel, sie hatten in der Buchhandlung in den letzten Wochen so viel geredet. Also spielten sie Schach, bis ihnen fast die Augen zufielen.

»Wir haben doch mal über ein bisschen mehr Geld für dich gesprochen.« Stock kassierte Oskars Turm ein und sah ihn müde an.

»Ja, haben wir.«

»Ein bisschen mehr geht sich schon aus, nächstes Jahr. Wir müssen halt sparsamer einkaufen.«

»Schön. Danke.«

»Na ja, sonst dauert das ja noch fünf Jahre, bis wir dich unter die Haube bringen. Was ist denn jetzt mit dem Kindermädel? Will sie dich denn überhaupt?«

»Ich glaub schon.«

»Was heißt ›ich glaub‹? Hast sie denn gefragt?«

»Ja, ich hab sie gefragt. Also nicht konkret. Aber ob sie sich vorstellen kann, mich zu heiraten, eines Tages.«

»Und was hat sie gesagt?«

»Ja, hat sie gesagt. Aber sie weiß ja auch, dass es schwierig ist.«

»Also seid ihr jetzt verlobt?«

»Ich weiß nicht. Ist man verlobt, wenn man übers Heiraten redet?«

»Ach, Bub. Manchmal bist schon ein rechter Stiesel.«

»Ja, ich weiß.« Oskar lachte und nahm noch einen Schluck Wein.

AM ZWEITEN JÄNNER HATTE OSKAR noch frei, Stock wollte alleine arbeiten, es war bitterkalt und nicht viel los. Oskar blieb lange im Bett, schrieb Marie einen Brief und spazierte dann durch die Innenstadt. Es herrschte eine friedliche Stimmung, die Straßen waren nahezu menschenleer, und kurz überlegte er, ob er der Familie Gold einen Besuch abstatten sollte. Doch er hatte keine Lust auf Gesellschaft, manchmal liebte er es, den ganzen Tag mit niemandem zu reden, einfach seinen Gedanken nachzuhängen. Nach dem Weihnachtsgeschäft, wenn die ganze Arbeit vorbei war, war er oft in melancholischer Stimmung, dachte an seine Eltern, die nun schon so lange tot waren, und dass er sich gar nicht mehr an ihre Gesichter erinnern konnte.

Er freute sich auf die Arbeit, als er am nächsten Tag aufwachte. Es war noch früh, aber er war voller Tatendrang. Er wollte vor dem Aufschließen im Geschäft sein und ein paar Verlagsvorschauen durchsehen. Es war schon wieder Vertreterzeit, die leer gekauften Regale mussten wieder gefüllt werden.

Zunächst wunderte er sich, denn es war nicht abgeschlossen, und im Verkaufsraum brannte schon Licht. Hatte Friedrich gestern noch so lange gearbeitet, dass er vergessen hatte, den Laden ordentlich zu hinterlassen? Oskar schüttelte den Kopf, Friedrich Stock brauchte wohl dringend mal länger frei, er war sehr zerstreut und abgespannt in letzter Zeit. Vielleicht sollten sie doch über einen Lehrling nachdenken und Friedrich einmal für ein paar Wochen zur Erholung aufs Land schicken. Aber das wäre schon ein finanzielles Risiko.

Der Körper sah friedlich aus, ein wenig blass, und als Oskar sich hinkniete, um den Puls zu fühlen, erschrak er, wie kalt sich der Arm anfasste. Der junge Buchhändler hatte zwar keinerlei medizinische Ausbildung, sah aber mit einem Blick, dass es für jede Hilfe zu spät war, also setzte er sich neben Friedrich Stock auf den Boden und zwang sich, ruhig zu atmen und nicht in Panik zu verfallen. Er wusste, wenn er jetzt den Arzt anriefe, hätte er keine Minute, um sich von seinem Chef zu verabschieden.

So viel hatte er ihm zu verdanken! Wenn es diesen kauzigen Buchhändler nicht gegeben hätte, wüsste Oskar nicht, wo er jetzt wäre. Nicht nur, dass ihn Stock damals mit fünfzehn aus dem Heim geholt und als Lehrling aufgenommen hatte, nein, er war viel mehr als ein Lehrherr gewesen. Durch ihn hatte er die Welt der Literatur kennengelernt, er war es gewesen, der ihn zum ersten Mal ins Theater mitgenommen hatte, und in den letzten Jahren waren sie zu Freunden geworden. Und dann, im April vor einem Jahr, hatte Friedrich Stock ihn völlig überraschend zum offiziellen Teilhaber der Buchhandlung gemacht.

Nun saß er also hier auf dem kalten Parkettboden, betrachtete den reglosen Körper und konnte keine Trauer empfinden. In seinem Kopf war eine große Leere, sein Denken hatte völlig ausgesetzt, und als plötzlich das Glöckchen über der Ladentür erklang, fuhr er hoch. Es war der Handelsreisende, mit dem Herr Stock heute Morgen einen Termin gehabt hätte.

»Oh mein Gott!« Herr Scherzer wich zurück, als er Friedrich Stock auf dem Boden liegen sah. »Was ist geschehen?«

»Ich weiß es nicht. Ich habe ihn vor einer halben Stunde gefunden.«

»Vor einer halben Stunde! Warum haben Sie denn nicht schon längst einen Arzt gerufen?«

»Weil Herr Stock keinen Arzt mehr braucht.«

»Aber vielleicht hätte man ihm noch helfen können.«

»Nein. Er war schon ganz kalt, als ich kam.« Oskar hatte aus einem der unteren Regalfächer eine Decke genommen und sie über den Leichnam gelegt. In diese Decke wickelte er sich manchmal ein, wenn er zu Mittag ein kleines Nickerchen im Fauteuil machte. In dem Moment, als er Stock unter dem fadenscheinigen Stoff liegen sah, realisierte er endlich, was passiert war. Das war der Mensch gewesen, der ihm am nächsten gestanden hatte, die einzige Person, die er kannte, die ihm noch etwas über seine toten Eltern hatte erzählen können – Friedrich Stock war der beste Freund seines Vaters gewesen. All dies schoss ihm durch den Kopf und natürlich auch die Frage, was nun aus ihm werden würde.

Oskar nahm nur nebenbei wahr, dass Herr Scherzer zum Telefon griff und die Nummer der Vermittlung wählte. Er saß wieder auf dem Boden, neben dem Toten, und hörte wie durch eine Wand, dass Scherzer ins Telefon murmelte: »Nein, Sie müssen sich nicht beeilen. Es ist ohnehin zu spät.«

Die nächsten Stunden vergingen wie in einem Albtraum. Ein Arzt kam und stellte den Tod offiziell fest, dann verstrich wieder eine endlose Zeit, bis die schwarze Kutsche des Leichenbestatters vorfuhr. Als der einfache Holzsarg vorne durch die Ladentür getragen wurde – hinten durch die Bürotür war es zu eng –, wollte sich Oskar am liebsten daraufwerfen. Von einer kleinen Gruppe Schaulustiger beobachtet, blieb er in der Tür stehen und blickte dem Wagen nach, bis er um die Ecke gebogen und verschwunden war. Dann ging er zurück in das Geschäft, schloss sorgfältig ab und schrieb mit seiner schönsten Schrift ein Schild. *Aufgrund eines unerwarteten Todesfalles bleibt das Buchgeschäft Friedrich Stock bis auf Weiteres geschlossen.*

Oskar wusste nicht, was er als Nächstes tun sollte. So wie er hatte Friedrich Stock keine Verwandten, zumindest keine, die Oskar kannte, niemanden, den er verständigen konnte. Sollte er den Laden einfach aufsperren? Schließlich war er Teilhaber, aber was bedeutete das für ihn?

Nach ein paar Tagen, in denen er zu Hause blieb, beschloss er, einfach weiterzumachen. Er brauchte ja Einnahmen, um die Kosten zu decken und auch um Geld zu verdienen. Kurz überlegte er, ob es vielleicht doch besser wäre, Jakob Gold aufzusuchen und zu fragen, ob er eine Stelle frei habe, aber Oskar war so verstört, dass er sich nicht dazu aufraffen konnte. Er würde also jetzt einfach das tun, was er am besten konnte – Bücher verkaufen.

Ständig kamen Kunden ins Geschäft, die ihm ihr Beileid aussprachen, sich erkundigten, wann Herr Stock beerdigt werden würde, und ihn ermunterten, das Geschäft weiterzuführen, ja, manche boten ihm sogar ihre Hilfe an.

Die Beerdigung war ein großes Ereignis. Kunden, Buchhandelskollegen und Handelsvertreter waren da, die Familie Gold, der berühmte Buchhändler und Konzertveranstalter Hugo Heller. Viele schickten Beileidsbriefe, so auch Arthur Schnitzler, Felix Salten, Richard Beer-Hofmann. Oskar war gerührt, er hatte gar nicht gewusst, dass sein kauziger Chef so beliebt gewesen war.

Es war ein kalter Wintertag, die Zeremonie in der Israelitischen Abteilung des Zentralfriedhofs dauerte nicht lange, und die Gruppe der Trauernden zerstreute sich danach rasch. Als nur noch eine Handvoll Menschen übrig war, sah Oskar eine Frauengestalt über den Friedhof direkt auf ihn zusteuern, erst jetzt erkannte er Marie. Ohne auf die umstehenden Menschen zu achten, warf sie sich in seine Arme und flüsterte ihm ins Ohr: »Es tut mir so leid, ich konnte nicht früher weg. Die gnädige Frau hat es nicht erlaubt. Und der Weg ist so weit.«

Die paar Leute, die noch um das Grab herumstanden, sahen die beiden neugierig an, doch Marie schien das nicht zu stören. Lange blieben sie so stehen, hielten sich fest, und endlich flossen auch bei Oskar die Tränen.

Seit dem Tag, als er Friedrich Stock tot aufgefunden hatte, hatten sich die beiden nur einmal ganz kurz gesehen. Da war Oskar am Abend rasch in die Sternwartestraße gerannt und hatte Marie an der Haustür von dem Unglück erzählt. Sie hatte die Hände vor das Gesicht geschlagen und geflüstert: »Mein Gott, wie schrecklich! Was machst du jetzt?«

»Ich weiß es nicht, wir werden sehen«, hatte Oskar gesagt und Marie in die Arme nehmen wollen. Doch sie schob ihn weg und wich zurück. »Ich kann nicht. Die gnädige Frau hat eine fürchterliche Laune, und ich muss die Kinder fürs Abendessen bereit machen. Sie dürfen nicht sehen, dass du da bist.«

Oskar hatte eine Karte mit Ort und Zeitpunkt der Beerdigung geschickt und gehofft, dass sie es irgendwie einrichten konnte zu kommen.

»Was wird jetzt mit dem Laden? Und was wird aus uns?« Sie gingen über den verwilderten Weg in Richtung Ausgang des Friedhofes. Marie hatte seine Hand genommen und hielt sie fest. Anscheinend war es ihr egal, was die Leute über sie dachten, sie, die sonst immer Angst hatte, jemand könnte sie unschicklich finden, ging nun mit ihm Hand in Hand über den Friedhof. Obwohl Oskar so traurig und verzagt war, fühlte er ein wenig Freude, ja, er hatte das Gefühl, dass es jetzt, wo Marie an seiner Seite war, nicht mehr so schlimm war.

»Marie, du musst bei mir bleiben. Du darfst nicht fortgehen, ich hab jetzt nur noch dich.«

»Ich geh doch nicht fort. Wo soll ich denn hingehen?«

»Du musst mich heiraten.«

»Wir waren gerade auf einer Beerdigung.« Marie blieb stehen und sah ihn verwundert an.

»Du meinst, das gehört sich nicht? Aber so meine ich das ja auch gar nicht. Wir müssen nur zusammenbleiben, bitte, egal, was kommt.«

»Ach, Oskar. Warum musste das jetzt geschehen? Wir kennen uns doch erst so kurz. Und wissen gar nicht …«

»Was wissen wir nicht?«, unterbrach er sie. »Ob wir zusammengehören?«

»Doch, das wissen wir schon. Ich glaub schon. Aber jetzt musst du erst mal schauen, wie es bei dir weitergeht. Und wenn ich noch ein paar Jahre bei den Schnitzlers bleib, kann ich vielleicht was sparen und eine Ausbildung machen.«

»Was würdest denn lernen wollen?«

»Krankenschwester würd mir gefallen. Ich glaube, das könnt ich auch gut.«

»Das glaube ich auch.« Oskar dachte an Maries viele Besuche bei Fanni im Sanatorium und mit welcher Unbefangenheit sie mit der Kranken umgegangen war.

»Ich muss wieder heim.« Marie riss ihn aus den Gedanken. »Die Anna hat mir den Rücken freigehalten. Stell dir vor, sie hat gesagt, ich muss einkaufen gehen, weil sie es so mit dem Kreuz hat. Richtig gelogen hat sie.«

»Grüß sie schön von mir. Sie ist so eine Seele. Jetzt vergiss aber nicht, die Besorgungen zu machen. Nicht, dass du mit leeren Händen heimkommst.«

Und so plötzlich, wie sie gekommen war, war sie auch wieder weg, aber Oskar fühlte sich nicht mehr ganz so verzweifelt wie am Morgen. Er war nicht allein, hatte dieses wunderbare Mädchen, das zu ihm stand, und auch wenn das alles sehr schwierig werden würde, sie würden einen Weg finden. Schwierigkeiten waren sie schließlich beide gewohnt.

Am Samstag, kurz bevor Oskar das Geschäft abschließen wollte, trat er im Büro an den Schreibtisch von Friedrich Stock und öffnete die unterste Schublade. Er wusste, dass in der hinteren Ecke ein Wohnungsschlüssel versteckt lag. Vor vielen Jahren hatte Stock die Lade geöffnet und ihm den Schlüssel gezeigt. »Für den Notfall«, hatte er damals gesagt.

War das jetzt ein Notfall? Na ja, schließlich musste sich ja jemand um die Angelegenheiten kümmern. Vielleicht hatte Friedrich Stock ja irgendetwas hinterlassen, ein Testament oder wenigstens einen Brief. Obwohl – große Hoffnungen hatte Oskar nicht, schließlich war Stock noch nicht einmal fünfzig gewesen, warum hätte er da an sein Ableben denken sollen?

In der Wohnung war es bitterkalt und es roch muffig. Obwohl Oskar ja vor Kurzem erst hier zu Gast gewesen war, kamen ihm die Räume ganz fremd vor, und er bewegte sich vorsichtig, fast als hätte er etwas zu verbergen. Alles war sauber aufgeräumt, in der Abwasch stand kein schmutziges Geschirr, auch das Bett war ordentlich gemacht. Stocks Hausschuhe standen so neben der Eingangstür, als käme er gleich nach Hause und würde reinschlüpfen. Oskar versuchte, seine Traurigkeit zu unterdrücken, und ging zielstrebig ins Schlafzimmer. Er wusste nicht genau, wonach er eigentlich suchte, aber schließlich musste man ja alles regeln. Den Mietvertrag für die Wohnung suchen, den Hausbesitzer kontaktieren. An den ganzen Papierkram, der mit dem Laden zusammenhing, mochte er gar nicht denken.

Die Wohnung war nicht groß: eine Küche, ein Zimmer und der Abort im Stiegenhaus. Aber für Oskar war diese Wohnung immer der Inbegriff von Geborgenheit gewesen, ein Ort, an dem er sich aufgehoben und sicher fühlte. In der Küche gab es eine Abwasch und einen Herd, auf dem Stock sich kleine Mahlzeiten zubereitet hatte – ein begnadeter Koch war er nicht gewesen –, außerdem einen einfachen Holztisch mit zwei Stühlen.

Vor dem Fenster stand ein Canapé mit einer zerschlissenen Decke darauf.

Im Schlafzimmer war es durch das große Bett sehr eng, und Oskar fragte sich, warum Stock es nie gegen ein kleineres ausgetauscht hatte. Er wusste, dass der Buchhändler einmal kurz verheiratet gewesen war, angeblich war seine Frau ganz jung an der Schwindsucht gestorben. Das hatte ihm einer der Stammkunden mal erzählt, mit Friedrich Stock hatte er nie über so private Dinge gesprochen. Erst in letzter Zeit hatten sie es geschafft, auch mal über etwas anderes als Bücher und die Umsätze im Laden zu reden.

Und natürlich gab es, wie in jeder Wohnung eines Buchhändlers, und sei sie auch noch so klein, ein überquellendes Bücherregal, das Oskar wie immer, wenn er bei Friedrich Stock zu Besuch war, magisch anzog. Er nahm den einen oder anderen Band heraus, längst hatten nicht mehr alle Bücher Platz, Stock hatte sie auf den meisten Regalbrettern zweireihig gestellt.

Am liebsten hätte er sich gesetzt und ein bisschen gelesen, da fiel sein Blick auf einen schmalen Sekretär an der Wand, der unter einem Bücherstapel fast zusammenzubrechen schien. Nun gut, es kam ihm zwar nicht richtig vor, in den Privatsachen seines Chefs zu wühlen, aber schließlich war er hergekommen, um irgendwelche Unterlagen zu finden.

Der Brief lag ganz oben in der mittleren Schublade. *Für Oskar Nowak* stand drauf, in der sauberen Handschrift, die ihm so vertraut war. Er öffnete den Umschlag mit zitternden Händen und nahm zwei gefaltete Blätter heraus. Das erste war ein Brief, den Friedrich Stock an ihn verfasst hatte.

Lieber Oskar,
ich habe mir oft vorgeworfen, Dich nicht früher aus dem Waisenhaus geholt zu haben. Aber weißt Du, ich fühlte mich nicht in der Lage, ein Kind großzuziehen, so als alleinstehender Mann, und eine Frau, die mit mir leben wollte, habe ich nicht mehr gefunden, nachdem meine geliebte Amalie so früh verstorben ist. Ich hoffe, Du verzeihst mir das. Du warst für mich immer der Sohn, den ich nie hatte.
Dein Friedrich

Oskar ließ seinen Tränen nun freien Lauf. In den letzten Tagen hatte er so viel entscheiden und organisieren müssen, dass er nach der Beerdigung seine Trauer gar nicht erst hatte hochkommen lassen, er hatte einfach funktioniert, ohne viel nachzudenken. Doch dieser Brief traf ihn ins Innerste. Warum nur hatten sie nie mehr miteinander geredet? Warum hatten sie sich nicht über seine Eltern ausgetauscht? Warum hatte er nie von den schrecklichen Jahren im Waisenhaus erzählt oder Friedrich Stock nach seiner verstorbenen Frau gefragt? Nun war das alles zu spät, man konnte es nicht mehr nachholen, und Oskar dachte an die vielen Momente, in denen er so eine Nähe zwischen ihnen gespürt hatte und die sie beide ungenutzt hatten verstreichen lassen.

Er saß auf dem großen Bett, die Tränen rannen ihm über das Gesicht, und er fühlte sich so verzweifelt und allein, dass er es kaum aushalten konnte. Warum mussten alle, die ihm nahestanden, so früh sterben?

Es dauerte lange, bis er sich ein wenig beruhigt hatte, und nachdem er sich das Gesicht mit einem Taschentuch, das er aus Friedrich Stocks Kleiderschrank genommen hatte, abgewischt hatte, entfaltete er das zweite Blatt Papier, das mit Schreibmaschine getippt worden war. Oskar musste den Inhalt zweimal lesen, bis er begriff, was da geschrieben stand. Friedrich Stock hatte ein Testament verfasst, datiert war das Schriftstück mit *April 1912*. Das musste unmittelbar nach dem Gespräch gewesen sein, in dem Friedrich Stock ihm die Teilhaberschaft an der Buchhandlung angeboten hatte.

Er hatte ihm alles vermacht. Friedrich Stock hatte seinen gesamten Besitz Oskar überschrieben. Die Buchhandlung und alles, was sich darin befand, und auch alles andere, was er besaß. Am Ende des Briefes standen Name und Adresse eines Notars und der Satz, dass der Verfasser sich im vollen Besitz seiner geistigen Kräfte befinde.

Dr. Paul Herzmann
Wipplinger Straße 25
2. Stock

Das Türschild war sehr klein, und fast hätte er es übersehen. Auch das Haus war ziemlich runtergekommen, und Oskar ging erst noch einmal eine Runde um den Block. Er hatte Angst vor dem, was ihn hinter dieser Tür erwarten würde, Angst, dass es gar nicht wahr war und sich alles, was er sich in den letzten vierundzwanzig Stunden ausgemalt hatte, nur als verrückter Traum herausstellen würde.

Am Montag nachdem er das Testament gefunden hatte, hatte er wie immer um neun Uhr den Laden aufgeschlossen. Er hatte nicht die Kraft, sofort zu diesem Notar in die Stadt zu gehen, wollte das alles erst ein bisschen verarbeiten. Und immer wieder ertappte er sich dabei, dass er im Laden stand, einen Gegenstand betrachtete, eine Lampe oder die neue Schreibmaschine, die Friedrich Stock erst im letzten Jahr angeschafft hatte, und sich dabei vorstellte, dass dies jetzt alles ihm gehörte. Ihm, dem vierundzwanzigjährigen Juden ohne Eltern, der im Waisenhaus aufgewachsen war und zeit seines Lebens nicht mehr besessen hatte als zwei Paar Schuhe, einen halbwegs guten Anzug, mit dem er ins Theater gehen konnte, und einen Wintermantel. Nun sollte er der Besitzer eines Geschäfts sein? Niemandem erzählte er davon – nicht den neugierigen Kunden, die ständig fragten, was denn jetzt aus dem Buchgeschäft werde, jetzt, wo der Chef nicht mehr da sei, und natürlich auch nicht

Marie. Die hatte er ohnehin seit dem Begräbnis nicht mehr gesehen, die Herrschaften hatten ihr kurzerhand den freien Tag gestrichen, weil sie zu einer Premiere nach München aufgebrochen waren. Das hatte sie ihm in einem kurzen Brief mitgeteilt und dazugeschrieben, dass es ihr leidtue.

Natürlich dachte er jetzt auch ständig an Marie. Vielleicht hatten sie doch eine Zukunft, die gar nicht so weit in der Ferne lag? Vielleicht eröffnete ihm der unerwartete Tod von Friedrich Stock nun Möglichkeiten, von denen er vorher nur hatte träumen können? Doch natürlich hatte Oskar bei diesem Gedanken ein derart schlechtes Gewissen, dass er kurz überlegte, diesen Doktor Herzmann gar nicht erst aufzusuchen, nicht bei ihm zu klingeln, nicht in den zweiten Stock zu gehen und das Erbe nicht anzutreten. Aber das hätte Friedrich Stock unmöglich gefunden, dachte er. Er sah ihn geradezu vor sich, wie er verständnislos den Kopf schüttelte. Schließlich hatte sich Oskar dann doch auf den Weg gemacht in die Wipplinger Straße.

Und nun drückte er beherzt die Haustür auf und stapfte langsam die schmale, durchgetretene Treppe hinauf.

Als er eine knappe Stunde später wieder auf der Straße stand, hatte er eine schmale Mappe mit allen Unterlagen in der Hand und umklammerte sie, als hätte er Angst, jemand könnte ihm sein neues Leben, das sich darin befand, entreißen und alles wäre nur ein Traum gewesen.

Nun war er also Besitzer einer Buchhandlung samt Inventar, auch die Mietverträge von Laden und Wohnung wurden auf ihn übertragen. Und fast tausend Kronen in bar, die hatte Stock wohl in all den Jahren angespart. Er konnte jetzt sein Untermietszimmer im zweiten Bezirk kündigen und in die geradezu feudale Wohnung des Herrn Stock umziehen. Natürlich käme jetzt eine harte Zeit auf ihn zu, dessen war er sich bewusst, schließlich hatte er mit dem ganzen Papierkram, mit

Buchhaltung und Finanzen noch nie etwas zu tun gehabt, aber er würde das schaffen. Und wenn er Tag und Nacht arbeiten müsste, er würde allen zeigen, was er konnte, und die Buchhandlung so weiterführen, dass Friedrich Stock stolz auf ihn wäre.

Eine Zeit lang lief Oskar trotz der beißenden Kälte durch die Stadt, er wusste nicht, wo er hinsollte, musste erst den Kopf freikriegen, bevor er überlegen konnte, welchen Schritt er als Nächstes tun sollte. Eines war sicher: Er musste es ganz schnell Marie sagen, musste sie einbeziehen in seine Planung.

Vor der Villa in der Sternwartestraße bekam er plötzlich Angst. Sollte er einfach klingeln? Was sollte er sagen, wenn Herr und Frau Schnitzler zu Hause waren? Er konnte ja nicht einfach so das Kindermädchen besuchen. Marie hatte nur geschrieben, dass sie nach München aufgebrochen seien, aber nicht, wie lange sie fortbleiben wollten. In den unteren Räumen brannte kein Licht. Da es erst sieben Uhr war, nahm er nicht an, dass die Herrschaften schon zu Bett gegangen waren, also schienen sie wirklich nicht da zu sein. Er nahm seinen ganzen Mut zusammen und drückte auf den Klingelknopf.

»Ja, bitte?« Das Dienstmädchen erkannte ihn nicht und öffnete die Tür nur einen kleinen Spalt. »Die Herrschaften sind nicht zu Hause.«

»Sophie? Ich bin's, Oskar. Ich muss die Marie sprechen.«

»Oskar! Ich hab dich gar nicht erkannt. Was ist denn passiert?«

»Nichts ist passiert. Ich müsst nur dringend mit der Marie sprechen. Geht das?«

»Das ist schlecht, die bringt grad die Kinder ins Bett.«

»Ja, es wär aber wirklich wichtig.«

»Es gab schon Beschwerden von den Herrschaften wegen dir und Marie. Ihr müsst ein bisserl aufpassen.«

»Ja, ich weiß, aber sie sind ja nicht da.«

»Aber die Kinder erzählen doch, dass du da warst. Magst nicht warten, bis sie im Bett sind?«

»Ja, ich kann schon warten. Sagst du's ihr?«

»Mach ich. Gehst ein bisserl spazieren und um halb neun kommst wieder. Da schlafen sie sicher. Aber nicht klingeln. Warte einfach vor dem Haus.« Ohne auch nur eine Antwort abzuwarten, schloss sie die Tür vor seiner Nase.

Oskar lief über eine Stunde durchs Cottageviertel und versuchte, seine Nervosität zu bekämpfen. Wie sollte er Marie das jetzt erzählen? Er war so aufgeregt, am liebsten würde er sie sofort mitnehmen und mit ihr einen Hausstand gründen. Mit dem Geld, das er jetzt geerbt hatte, konnten sie es schaffen.

Erst als er wieder vor dem Schnitzler-Haus stand, bemerkte Oskar, dass er viel zu dünn angezogen war. Keine Mütze, kein Pullover unter der Jacke, und auch die Handschuhe hatte er vergessen.

»Du siehst ja ganz erfroren aus.« Marie schlüpfte aus der Tür und nahm seine kalte Hand. »Mein Gott, warum ziehst dir nicht was Gescheites an? Wie lange stehst hier denn schon?«

»Eh nicht so lange. Ich war spazieren.«

»Du holst dir ja den Tod. Komm kurz rein.«

»Nein, komm lieber du raus. Ich muss dir was erzählen.« Oskar wusste, dass das Dienstmädchen oder die Köchin oder auch beide lauschten, wenn er mit Marie im Vorzimmer redete. Und auf ihr Zimmer konnte er unmöglich mit, das würde sogar die Köchin, die ihn recht gern hatte, unschicklich finden.

Marie blickte ihn verwundert an, verschwand noch mal nach drinnen und kam mit Mantel und Hut wieder raus. »Was gibt's denn? Ist was passiert? Ist was mit der Fanni?«

»Mit der Fanni? Nein, wieso denn? Du, ich muss dir was erzählen.« Oskar holte einmal tief Luft. Dann musste er lächeln und sagte beinahe stolz: »Die Buchhandlung gehört jetzt mir.«

»Was soll das heißen?«

»Dass der Friedrich mir die Buchhandlung vermacht hat.«

»Was sagst du da?«

»Er hat ein Testament geschrieben. Und darin steht, dass alles, was ihm gehört hat, jetzt mir gehört.«

»Hat er damit gerechnet, dass er stirbt? Der war doch noch nicht alt?«

»Ich weiß auch nicht, er hat in den letzten Monaten immer wieder geklagt, dass er sich nicht gut fühle. Wie auch immer, es ist amtlich, ich war bei einem Notar und es stimmt. Sogar der Mietvertrag für die Wohnung wird mir überschrieben.«

»Und was heißt das jetzt?«

»Das heißt, dass ich jetzt eine Buchhandlung habe. Und eine richtige Wohnung gegenüber. Und ...«, Oskar nahm ihre Hand, »... das heißt, dass wir jetzt heiraten können, wennst mich noch magst.«

»Sicher mag ich dich noch! Aber dann muss ich ja meine Stellung hier aufgeben!«

»Ja, das müsstest du dann wohl.«

»Aber das geht nicht. Ich habe doch gerade erst angefangen. Was sollen denn die von mir denken?«

»Marie, deine Treue in Ehren, aber glaubst du denn, der Herr Doktor und die gnädige Frau würden auch nur einen Tag darüber nachdenken, was aus dir werden würde, wenn sie – sagen wir – wegziehen würden?«

»Das ist doch was ganz anderes.«

»Warum ist das was anderes?«

»Na ja, sie haben mich hier aufgenommen, obwohl ich so jung bin und nichts kann und keine Referenzen habe.«

»Sie haben dich hier aufgenommen, weil sie dringend ein neues Fräulein gebraucht haben. Und weil sie wussten, dass sie sich auf dich verlassen können und du nur das Beste für die Kinder willst.«

»Das stimmt ja auch. Deswegen kann ich sie ja auch nicht

verlassen. Ach, Oskar.« Marie begann zu weinen. »Warum muss das alles so schnell gehen? Können wir uns denn nicht ein bisschen Zeit lassen?«

»Aber, Marie, wir sind uns doch sicher, oder? Warum sollten wir dann warten? Und weißt du, wenn ich jetzt die Buchhandlung alleine mach, dann brauch ich dich. Du musst mir helfen!«

»Ich kann dir doch nicht helfen! Ich bin keine Buchhändlerin, und das werde ich auch nie sein!«

»Warum sagst du das? Das wirst du lernen, du hast schon so viel gelernt.«

»Ich kann nicht mit den ganzen gebildeten Leuten reden, so wie du! Ich kann keine Bücher erzählen, ich hab ja nicht mal welche gelesen!«

»Ach du, komm her. Ich hab dich doch so gern und will endlich mit dir zusammen sein.« Oskar nahm die weinende Marie in den Arm, und sie ließ es geschehen, schob ihn nur noch ein wenig mehr in den Schatten des Windfangs.

»Ich könnte auch für dich kochen und mir eine Arbeit als Bedienerin oder so suchen«, sagte Marie zaghaft. »Also halt eine Arbeit, wo wir zusammenwohnen könnten.«

»Meine Frau wird sicher keine Bedienerin, da kannst du Gift drauf nehmen. So, jetzt geh mal rein, du erfrierst mir ja. Es wird alles gut werden, wirst sehen.«

Marie wischte sich mit dem Handrücken über das nasse Gesicht und schniefte ein wenig in Oskars Wintermantel. »Und wie soll ich das dem gnädigen Herrn sagen?«

»Du sagst jetzt erst mal gar nichts, und ich regle mal alles mit der Verlassenschaft. Dann überlegen wir uns was. Gute Nacht. Ich lieb dich.«

Das hatte noch nie jemand zu ihr gesagt. Doch, die kleine Lili hatte schon öfter zu ihr gesagt, dass sie Marie lieb habe, aber die war ein kleines Kind, das war etwas ganz anderes.

Marie lag die halbe Nacht wach und versuchte, ihre Gedanken zu sortieren. Natürlich würde sie Oskar heiraten, sie liebte ihn, daran gab es keinen Zweifel. Und eigentlich wollte sie es auch schnell, sie wollte mehr Zeit mit ihm verbringen als diese wenigen Stunden, die durch ihre Arbeitszeiten möglich waren. Und natürlich dachte sie auch manchmal daran, wie es wäre, wenn sie sich näherkommen würden. Wie es wäre, mehr Zärtlichkeiten auszutauschen, als sich nur an den Händen zu halten oder sich im Dunkeln kurz zu küssen. Ohne dass sie es genau einordnen konnte, fühlte sie manchmal so ein Ziehen in ihrem Bauch, ein Sehnen nach mehr, ohne genau Bescheid zu wissen, wie dieses *Mehr* ausschauen würde. Aber Oskar konnte sie vertrauen, da war sie sicher, niemals würde er so ein grober Kerl werden wie ihr Vater oder die Knechte auf dem Hof, vor denen sie damals geflohen war.

Juni 1913

MAN KONNTE ES NICHT gerade als große Hochzeit bezeichnen, nachdem weder Bräutigam noch Braut mit irgendeiner Form von Familie aufwarten konnte. Oskar sowieso nicht, seine einzige »Familie« war Friedrich Stock gewesen, und der war nun tot. Kurz nachdem sie ihre Verlobung öffentlich gemacht und ihre Stellung gekündigt hatte, hatte Marie den Eltern einen Brief geschrieben, um ihnen mitzuteilen, dass es ihr gut gehe und sie heiraten werde.

Sie hatte gar nicht mit einer Antwort gerechnet, schließlich schrieb sie nicht zum ersten Mal an ihre Familie, doch nach knapp zwei Wochen fand sie einen Brief auf dem Tischchen, auf dem immer die Post für den gnädigen Herren lag.

Marie Haidinger bei Arthur Schnitzler, Sternwartestraße 71, 1180 Wien stand in ungelenker Kinderschrift auf dem Umschlag, und Marie steckte ihn in ihre Kitteltasche. Erst spät am Abend, sie hatte die Kinder ins Bett gebracht und Anna und Sophie geholfen, die Küche zu putzen und alles fürs Frühstück vorzubereiten, holte sie das Kuvert aus der Tasche, faltete das Blatt Papier vorsichtig auf, setzte sich auf ihr Bett und begann zu lesen.

Liebe Marie,
ich habe Deinen Brief gekriegt und freu mich, dass es Dir gut geht. Ich kann nicht so gut schreiben, darum sage ich der Trude diese Zeilen an.
Uns geht es gut, wir haben einen langen Winter gehabt, aber jetzt ist es endlich wärmer. Deine Brüder helfen

brav auf dem Hof mit, der Rudi ist schon stärker als der Vater und arbeitet recht fleißig. Veronika ist jetzt Magd in Pregarten, und jeden Tag bete ich zum Herrgott, dass sie uns dort nicht so eine Schande macht wie Du damals.
Du hast uns in ein großes Unglück gestürzt, der Vater hat uns verboten, über Dich zu reden. Und in die Kirche hab ich mich nicht getraut ein paar Wochen, weil die Leut über uns geredet haben, und dann bin ich noch lange in der letzten Bank gesessen.
Und Dein Verehrer vor der Tür, letztes Jahr, der hat alles noch schlimmer gemacht. Der Vater wurde so wütend, er hat sich jeden Abend betrunken.
Einmal, wie der Vater im Wirtshaus war, bin ich zur Großmutter rüber und hab sie ausgefragt, da hat sie mir von dem jungen Mann erzählt, und er scheint ja ein Guter zu sein und hat Dich wohl auch lieb. Die einzige Sorge, die ich hab, ist, dass er wohl ein Jud ist, und ich bitte Dich recht, Deinen katholischen Glauben nicht zu vergessen. Und es blutet mir das Herz, wenn ich daran denke, dass Du bald Kinder haben wirst und ich werde sie nie sehen. Versprich mir, dass Du sie katholisch erziehst.
Was Trauriges muss ich Dir auch noch schreiben – letzten Winter ist die Johanna an den Masern gestorben, der Doktor hat nichts mehr tun können. Und kurz nach Weihnachten ist dann auch noch die Großmutter nicht aufgewacht. Krank war sie nicht, sie wollt halt einfach nicht mehr weiterleben und ist friedlich eingeschlafen. Und da hab ich den Vater vorsichtig gefragt, ob ich Dir vor der Beerdigung schreiben darf, aber er wollte nicht.

Hier hielt Marie inne, sie konnte die Buchstaben nicht mehr erkennen, so sehr flossen ihr die Tränen über das Gesicht. Der eine Satz – *Er wollte nicht* – beschwor in ihr Bilder eines wütenden Vaters herauf, eines Vaters, der Ohrfeigen und Schläge verteilte, und dann war man schon froh, dass er keinen Stock oder den Kälberstrick verwendet hatte. Wie viel Mut die Mutter aufgebracht hatte! Sie, die eigentlich nie von sich aus das Wort an den Vater richtete, hatte sich für sie eingesetzt.

Nun, Marie. Ich hoffe, es ist wirklich alles so, wie Du geschrieben hast, und Du führst ein braves, gottesfürchtiges Leben. Ich wär gern bei Deiner Hochzeit dabei, aber es ist leider nicht möglich.

Deine Mutter

Marie hatte diesen Brief so oft gelesen, dass sie ihn fast auswendig konnte, und immer wieder wiederholte sie im Kopf einzelne Stellen, als sie mit Oskar im schmucklosen Vorraum des Währinger Rathauses saß und sie darauf warteten, in den Trauungssaal gerufen zu werden. So hatte sie ein wenig das Gefühl, die Mutter wäre dabei an ihrem großen Tag.

An ihrer Seite saß Fanni, sie hatte wieder Farbe im Gesicht und war bester Dinge. Anscheinend hatte sie große Freude, Trauzeugin zu sein, und Marie sah sie dankbar an. Überhaupt hatte die Familie Gold die Bande zu Oskar und Marie sehr eng geknüpft, seit Fanni sich auf dem Weg der Besserung befand. Niemand wusste genau, wie, aber es war Marie in bemerkenswert kurzer Zeit gelungen, Fanni aus ihrer Depression zu holen. Die junge Frau fand allmählich wieder in ein normales Leben zurück. Vermutlich hätte das Ehepaar Gold es lieber gesehen, wenn Fanni im weißen Kleid neben Oskar gesessen hätte, doch sie sagten nichts, begegneten den jungen Leuten mit großer Warmherzigkeit. Bei einem gemeinsamen Abendessen in der Annagasse hatte Jakob Gold vorgeschlagen, Oskars Trauzeuge zu sein, wenn ihm das recht wäre. Oskar hatte dies als allzu große Ehre empfunden und das Angebot zunächst etwas beschämt abgelehnt. Aber nachdem er sich den Kopf darüber zerbrochen hatte, wer dieses Amt sonst ausfüllen könnte, und ihm niemand anderer eingefallen war, hatte er dankend angenommen.

Es war eine kleine Gruppe, die der kurzen Trauungszeremonie beiwohnte: Köchin und Dienstmädchen der Schnitzlers hatten die Erlaubnis bekommen, sich für zwei Stunden vom Dienst zu entfernen, sie waren die einzigen Gäste auf Maries Seite. Oskar hatte neben der Familie Gold noch drei Stammkunden eingeladen und einen Handelsvertreter, mit dem ihn seit einigen Jahren ein kollegiales Verhältnis verband.

Nach der Trauung gingen sie ins Gasthaus gegenüber. Jakob Gold hatte es sich nicht nehmen lassen, alle noch auf ein Gulasch einzuladen. Marie saß ganz nahe bei Oskar und es kam ihr alles unwirklich vor. Immer wieder strich sie über ihr weißes Kleid. Es war nicht aufwendig und natürlich hatte sie es gebraucht gekauft, aber Anna hatte es geschickt umgeändert, und Marie fühlte sich wie eine Prinzessin. Ihre Hand drehte den schmalen Ring, den Oskar ihr an den Finger gesteckt hatte, und essen konnte sie ohnehin nichts vor lauter Aufregung. Die Buchhandlung hatte Oskar für den einen Tag zugesperrt, er war natürlich voller schlechtem Gewissen, doch eine Hochzeit war wohl ein guter Grund. Am nächsten Tag würde er selbstverständlich wieder aufschließen, dachte er zumindest. Doch da stand Jakob Gold auf und räusperte sich. Er blickte in die kleine Runde und wartete geduldig ab, bis alle still waren und erwartungsvoll zu ihm aufblickten, dann hob er beide Hände und lächelte Oskar und Marie zu.

»Egal, an welchen Gott wir glauben, er tut wohl das, was er

für richtig hält, oder? Ich freue mich, dass wir heute hier beisammen sind und die Vermählung von Oskar und Marie feiern. Ich geb's ja zu, ich hatte andere Pläne mit dem jungen Mann, aber manchmal kommt es anders, als man denkt.«

Fanni lächelte Marie aufmunternd zu, und Oskar starrte vor Verlegenheit auf die Tischplatte, während Jakob Gold eine wunderschöne Rede hielt. Einfach so, ohne ein Blatt Papier, von dem er ablas, sprach er über Gott und die Welt, zitierte mit einem Augenzwinkern aus einem Schnitzler-Stück, unternahm einen kleinen Streifzug durch Bibel und Thora, um dann über seine eigene glückliche Ehe zu sprechen. Marie war wie gebannt: Wie konnte man so schön reden, so viel wissen, so elegant und klug sein? Sie versuchte, sich ihre Eltern in dieser Runde vorzustellen, und es gelang ihr nicht. Was für unterschiedliche Welten es gab!

»... und so werden meine Tochter Fanni und ich in den nächsten drei Tagen die Geschäfte der Buchhandlung Stock übernehmen, und unser glückliches Paar begibt sich auf Hochzeitsreise.« Marie tauchte wieder aus ihren Gedanken auf und spürte, wie Oskar ihre Hand fest drückte. Hatte sie sich gerade verhört? Hatte Herr Gold von einer Hochzeitsreise gesprochen? Da trat er auch schon zu ihnen, Oskar sprang auf und nahm den Umschlag entgegen, den der alte Buchhändler ihm entgegenhielt. Die beiden umarmten sich linkisch, auch Marie wurde ein wenig gedrückt, und er hielt ihr kurz die Hand an die Wange und sah ihr in die Augen. »Ich wünsche euch alles Gute, mein Kind.« Ihr Gesicht wurde ganz warm, sie fühlte die Röte aufsteigen und ihr »Danke« fiel ziemlich leise aus. Doch Marie schämte sich nicht dafür, sie fühlte sich geborgen und aufgehoben in diesem Kreis, so also konnte Familie auch sein.

»Aber das geht doch nicht! Wir können doch nicht einfach wegfahren!« Oskar hielt den Briefumschlag in seinen Händen, drehte und wendete ihn.

»Warum denn nicht? Es ist eure Hochzeitsreise. Das wird eh das letzte Mal für Jahre sein, dass du nicht in deinem Laden stehst.«

»Aber ich kann das Geschäft doch nicht allein lassen!«

»Mein lieber junger Mann. Ich führe seit fast fünfzig Jahren sehr erfolgreich eine große Buchhandlung an erster Adresse. Willst du etwa sagen, dass ich es – gemeinsam mit meiner begabten Tochter – nicht schaffen werde, deinen kleinen Vorstadtladen ein paar Stunden vor dem Ruin zu bewahren? Und jetzt will ich nichts mehr hören, heute wird gefeiert und morgen in aller Herrgottsfrüh fahrt ihr nach Mariazell. Keine Widerrede!«

WENN MARIE AN DIE letzten Wochen zurückdachte, erschien ihr alles wie ein Traum, aus dem sie bald aufwachen würde. Alles war so schnell gegangen.

Vier Wochen nachdem der gesamte Besitz von Friedrich Stock an Oskar überschrieben und der Mietvertrag für die Wohnung in der Währinger Straße unterschrieben worden war, klopfte Marie an die Tür von Arthur Schnitzlers Arbeitszimmer. Die ganze Nacht hatte sie kein Auge zu getan, so aufgeregt war sie. Als Verräterin fühlte sie sich, als Treulose, die die Familie, die so gut zu ihr war, einfach so verließ. Und die Kinder! Das Herz würde ihnen brechen, dessen war sie sich sicher.

»Das glaubst du doch selbst nicht! Du bist für die nichts als eine weitere Hausangestellte. Wenn jemand den Doktor in einem halben Jahr nach deinem Namen fragt, – ich schwöre dir – wird er sich nicht mehr daran erinnern können. Du glaubst, du bist etwas Besonderes für die, aber das bist du nicht! Du bist eine austauschbare junge Frau in einer ganzen Armee von jungen Frauen, aus der sie sich, eine Stunde nachdem du weg bist, die billigste aussuchen können.« Wenn Fanni so redete, erschrak Marie immer ein wenig. Wie konnte man so radikal denken, solche Dinge einfach aussprechen? Es war nun mal die natürliche Ordnung, die besagte, dass es Leute wie die Familie Schnitzler und all ihre Freunde gab und solche, die für sie arbeiteten. Marie hatte das nie infrage gestellt, im Gegenteil, sie war davon überzeugt, dass es für ein Mädchen wie sie sowieso das Allergrößte war, in so einem Haushalt leben zu können. Und nun brachte sie diese gottgewollte Ordnung heillos durcheinander und heiratete einen Geschäftsinhaber. Fanni erzählte ihr immer wieder, dass jeder werden dürfe, was er wolle, und dass auch die armen Kinder in die höheren Schulen gehen sollten. In letzter Zeit ging sie manchmal zu Versammlungen, wo darüber geredet wurde, dass die Frauen den Männern ebenbürtig seien und sogar zur Wahl gehen sollten.

»Wenn du eine freie Frau bist und nicht mehr ständig fragen musst, ob du das Haus verlassen darfst, dann kommst du mit zu so einem Treffen«, sagte sie einmal, als sie sich auf einen kurzen Spaziergang trafen.

»Ich weiß nicht, was soll ich denn da? Mit solchen Frauen hab ich doch nichts zu tun.«

»Was soll das heißen? Mit solchen Frauen? Ich bin auch so eine Frau, und ich will noch erleben, dass ich zur Wahl gehen kann.«

»Ich wüsste nicht, wen ich wählen sollte. Ich weiß auch nicht, für was das gut wär.«

»Warum sollen Frauen denn nicht wählen können?« Fannis Augen blitzten angriffslustig.

»Na ja, weil sie doch nichts von Politik verstehen?« Maries Antwort klang mehr wie eine Frage als eine Feststellung.

»Dann müssen sie es eben lernen. Warum sollte eine Frau nicht das Gleiche können wie ein Mann?«

»Ich weiß nicht …«

»Siehst du? Wenn man darüber nachdenkt, weiß das eigentlich niemand. Und trotzdem dürfen wir nichts entscheiden.«

»Aber das, was man da in der Zeitung liest … über diese englischen Frauen … Mit so etwas will ich nichts zu tun haben.«

»Keine Sorge, das trauen sich nur die Engländerinnen.« Fanni lachte auf. »Dafür sind die hier viel zu feig.«

Marie verfolgte schon seit Längerem die Berichterstattung in der Zeitung. Besonders die *Illustrierte Kronenzeitung*, die Anna jeden Morgen eifrig studierte, beschrieb seit Tagen ausführlich die Gräueltaten der wilden Frauen aus England.

»Die haben eine Kirche angezündet! Und sie wollten einen Minister entführen! Das kann man doch nicht machen! Und ich hab in der Zeitung gelesen, dass in London an den Pfingstfeiertagen alle Museen und Sehenswürdigkeiten geschlossen bleiben, weil man Anschläge der Suffra…«

»›Suffragetten‹ heißen die. Na ja, da hast recht, es ist vielleicht wirklich ein bisschen drastisch, andererseits – durch nettes Lächeln erreicht man nichts, oder?«

»Ich weiß auch nicht. Wahrscheinlich nicht, aber mit Gewalt? Die haben doch auch Kinder? Was wird aus denen?«

Nun stand sie also an der Schwelle zum Arbeitszimmer ihres Dienstherrn und erzählte ihm mit belegter Stimme, dass sie die Familie leider verlassen müsse und wie leid es ihr um die geliebten Kinder tue.

»Wollen Sie mehr Geld? Ist es das? Sagen Sie das doch gleich!«

»Nein, nein, Herr Doktor, Sie waren immer sehr großzügig zu mir. Das ist es nicht.«

»Sind Sie jetzt auch in anderen Umständen?«

»Nein, Herr Doktor. Ich bin eine anständige Frau. Aber ich werde heiraten.«

»Heiraten?« Arthur Schnitzler war aufgestanden und sah sie erstaunt an. Er schüttelte den Kopf, blickte aus dem Fenster und sagte noch mal: »Heiraten.«

Da fielen Marie Fannis Worte ein, und sie merkte, wie ihre Angst ein wenig kleiner wurde und sich Zorn in ihr breitmachte. Arthur Schnitzler hatte es irgendwie abfällig gesagt, geradezu geringschätzig, als könnte sich der Schriftsteller gar nicht vorstellen, dass es jemanden gab, der eine Frau wie sie heiraten könne.

»Und wer ist der Glückliche, wenn ich fragen darf?«

»Sie kennen ihn, Herr Doktor. Es ist der junge Buchhändler aus der Währinger Straße.«

»Jaja, sehen Sie, meine Gattin hat ja schon immer gesagt, dass der Ihnen schöne Augen macht. Und ich hab vernommen, dass ihm das Geschäft jetzt gehört, nach dem bedauerlichen Tod des Herrn Stock. Aber warum heiratet er *Sie*, Fräulein Marie? Erwarten Sie vielleicht doch ein Kind?«

Marie war so wütend und gleichzeitig so enttäuscht, dass sie fast nicht sprechen konnte. »Nein, Herr Doktor. Er heiratet mich, weil er mich lieb hat«, brachte sie gerade noch heraus und überreichte ihm das Kündigungsschreiben, das sie mit Oskar zusammen verfasst hatte, machte einen Knicks und drehte sich um. Sie war schon an der Zimmertür, da hatte sie sich wieder etwas gefasst und wandte sich ihm noch einmal zu: »Herr Doktor, ich habe eine große Bitte. Darf ich es den Kindern selbst sagen?«

Wieder sah er sie ein wenig verständnislos an, dann nickte er. »Wenn es Ihnen so wichtig ist, dann bitte sehr. Es ist nicht gut für die Kinder, sie haben Sie recht gern.«

»Ich weiß, Herr Doktor. Mir tut's auch recht leid um sie, und ich bleibe natürlich, bis Sie einen guten Ersatz für mich gefunden haben.«

Marie wartete lange auf den richtigen Moment. Einmal hatte Heini eine Lateinschularbeit, da wollte sie ihn nicht durcheinanderbringen, dann wieder machten sie so einen schönen Spaziergang, hatten großen Spaß miteinander, und sie wollte den Augenblick nicht kaputt machen.

»Sag mal, wie lange willst du denn noch warten?« Anna sah sie skeptisch an und knetete energisch den Strudelteig. »Ich habe gehört, dass diese Woche schon eine zum Vorstellen kommt.«

»Wirklich? Oh mein Gott, wie soll ich es ihnen bloß sagen?«

»Du sagst es einfach. Es hilft ja nichts. Weißt was, wir sagen es ihnen gemeinsam, heute, wenn Heini von der Schule heimkommt.«

»Wirklich? Heute? Ich weiß nicht.« Marie bekam ganz weiche Knie.

»Ja, heute, keine Ausrede, wird schon nicht so schlimm. Dafür gibt es Topfenstrudel.« Mit einer entschlossenen Geste warf Anna eine Handvoll Rosinen in die Topfenmasse, und Marie verließ die Küche, um nach Lili zu sehen, die oben im Zimmer mit ihrer Puppe spielte.

Heinrich war bester Laune, als er von der Schule kam. Ein Diktat war gar nicht schlecht gelaufen, und endlich war auch der Musiklehrer auf sein Talent aufmerksam geworden.

»Ich durfte heute am Klavier vorspielen. Ich habe *Alla Turca* von Mozart vorgespielt, das war ganz leicht, hab ich mit dem Vater schon so oft geübt … Riecht es da nach Strudel? Ist heute was Besonderes?« Er setzte sich an den Tisch und schaute Anna und Marie erwartungsvoll an.

»Ja, Heini, die Marie muss euch was sagen.« Anna warf Marie einen aufmunternden Blick zu, und die holte tief Luft, setzte sich und zog Lili zu sich auf den Schoß. »Ihr kennt ja den Oskar, oder?«

»Natürlich kennen wir den Oskar.« Heini hatte sich schon ein Stück Strudel in den Mund geschoben, und diesmal verzichtete Marie darauf, ihn zu ermahnen, nicht mit vollem Mund zu sprechen. Lili sah zur Tür, als erwartete sie, ihr geliebter Oskar käme jeden Augenblick in die Küche herein.

»Und ihr wisst ja auch, dass der Oskar und ich uns recht gernhaben.«

»Küsst ihr euch auch?« Heini grinste sie an.

»Heinrich, so etwas fragt ein feiner junger Mann nicht. Aber jetzt hört zu: Der Oskar und ich, wir möchten gerne heiraten.«

»Heiraten? So wie Mutter und Vater?« Heini ließ die Gabel sinken und sah Marie ungläubig an.

»Ja, so wie Mutter und Vater. Heiraten und zusammen wohnen.«

»Und küssen!« Lili lachte.

Doch Heinrich wurde ganz ernst. »Du gehst weg von uns.«

»Ja, Heini, ich werde dann beim Oskar wohnen. Aber es ist nicht weit, und ihr könnt mich ...« Sie konnte den Satz nicht zu Ende sprechen, da war Heini schon aufgesprungen. Sein Stuhl fiel zu Boden und er rannte aus der Küche, die Treppe rauf und schlug geräuschvoll seine Zimmertür zu. Lili fing sofort an zu weinen, und Marie hätte am liebsten mitgeweint, doch Anna zog ihr das Kind vom Schoß. »Los, geh ihm nach. Du musst mit ihm reden.«

Heini lag auf dem Bett, das Gesicht in das Kissen vergraben und rührte sich nicht, als Marie sich neben ihn setzte und ihm eine Hand auf den Rücken legte. »Ach, Heini, mir tut es ja auch so leid. Aber weißt du, jeder braucht doch eine Familie, und der Oskar, der ist jetzt meine.«

»Ich dachte, wir sind deine Familie.« Nun hatte er sich doch aufgesetzt, schlang die Arme um die Knie und blickte sie trotzig an.

»Ja, natürlich seid ihr auch meine Familie, aber du hast hier ja Mutter und Vater und es ist euer Haus, in dem ihr wohnt. Wenn ich Oskar heirate, dann hab ich eine eigene Wohnung, weißt du?«

»Aber du musst ja auch arbeiten, oder? Was arbeitest du dann, wenn du nicht mehr auf Lili und mich aufpasst?«

»Dann helf ich Oskar in der Buchhandlung. Und ich koch für ihn und wasch seine Wäsche. Und irgendwann werden wir vielleicht ein eigenes Kind haben.«

»Ja, irgendwann. Warum kannst du nicht bleiben, bis wir groß sind?«

»Ach, Heini, das verstehst du noch nicht. Es tut mir auch so leid. Aber ich werde euch besuchen. Und in die Buchhandlung gehst du doch so gerne, das wird schön, wenn wir uns da sehen.«

»Und wer passt auf uns auf? Also auf die Lili … und wenn die Eltern weg sind?«

»Es wird ein neues Mädchen kommen.« Jetzt weinte auch Marie. Der Junge zögerte kurz, dann warf er sich in die Arme seines Kindermädchens und vergaß, dass er eigentlich schon viel zu groß dafür war.

Die zweite Hürde, die die beiden vor ihrer Hochzeit zu nehmen hatten, war Marie zunächst gar nicht bewusst gewesen. Oskar brachte es zur Sprache, und Marie verstand erst gar nicht, was er meinte, als er sagte: »Du, meine Liebe. Wir müssen noch etwas klären, bevor wir Eheleute werden.«

»Was denn?«

»Na ja, wir gehören unterschiedlichen Religionen an. Da darf man eigentlich nicht heiraten.«

Darüber hatte Marie nie nachgedacht und nun erschrak sie. »Was machen wir jetzt?«

»Einer von uns muss aus seiner Kirche austreten und dann in die andere eintreten.«

»Und wie macht man das? Was heißt das? Hab ich dann keinen Herrgott mehr? Kein Jesuskind und keine Jungfrau Maria?«

»Nein, das bedeutet doch nichts. Du glaubst, an was du eben glaubst. Im Herzen. Was auf dem Papier steht, ist doch ganz egal.«

»Ich weiß nicht.« Marie sah ihn skeptisch an. »Und ich hab auch gar kein Papier. Ich hab ja nichts mitgenommen von zu Hause.«

»Ich würde eh vorschlagen, dass ich es bin, der austritt.«

»Aber du bist doch Jude, das kann man doch auch nicht einfach aufhören?«

»Sag ich doch. Was ich in mir drin bin, ist doch meine Angelegenheit. Ist ja nur für das Offizielle. Und ich glaube, wir haben es einfacher, wenn wir beide Katholiken sind, siehst du, die Leute schimpfen eh immer auf die Juden.«

»Ich geh zwar nicht in die Kirche, aber ich könnt nicht einfach aufhören, an Gott zu glauben.« Marie wurde ein wenig wehmütig, als sie an die Kirchenbesuche ihrer Kindheit dachte. Das waren immer Stunden gewesen, in denen sie sich aufgehoben gefühlt hatte. Wenn sie mit ihrem einzigen guten Kleidchen in der Kirche neben der Mutter saß und versuchte, die Worte des Pfarrers zu verstehen, war ihr immer so feierlich zumute. Ihre Eltern waren keine großen Kirchgänger, sie hatten immer zu viel Arbeit, und der Bauernhof lag eine gute Stunde Fußmarsch von der nächsten Kirche entfernt. So besuchten sie die Messe nur an hohen Feiertagen oder wenn eines der Kinder getauft wurde. Für Marie waren die Kirchenbesuche stets Höhepunkte in ihrem Leben. Es wurde ihr nie langweilig, auf den gekreuzigten Jesus zu schauen, in seine Augen, die so voller Schmerz waren. Außerdem war sie sehr stolz, dass sie den gleichen Namen trug wie die heilige Mutter Gottes. Einmal durfte sie an Mariä Empfängnis an der Marienstatue eine Kerze anzünden, da konnte sie sich kaum losreißen.

In Wien dann rückte diese Faszination in den Hintergrund, ja, in ihren dunkelsten Momenten zweifelte sie sogar an der Existenz des gütigen Herrgotts, von dem der Pfarrer im Dorf immer erzählt hatte. Wo war er gewesen, der gute Gott, als sie alles verloren hatte und sich dieses schrecklich verwanzte Bett in einer Absteige mit zwei anderen hatte teilen müssen? Wo war er gewesen, als sie wieder mal von einem Dienstherrn einfach auf die Straße geworfen worden war und sich als Abwäscherin in einer üblen Spelunke hatte verdingen müssen? Ja, sie konnte sich schon daran erinnern, dass der Pfarrer immer von Gottes Prüfungen gesprochen hatte, aber warum wollte er sie prüfen? Oder sogar strafen? Was hatte sie getan?

Erst bei der Familie Schnitzler hatte sie erfahren, dass es Menschen gab, die an einen anderen Gott glaubten, die die heilige Jungfrau nicht verehrten und auch kein Kreuz in der Stube hängen hatten. Der Herr Doktor Schnitzler hatte darüber nie mit ihr gesprochen, nur einmal, ganz am Anfang, als Lili so begeistert vom Jesuskind in der Weihnachtskrippe der Buchhandlung gewesen war, ersuchte er sie, mit den Kindern in keine Kirche zu gehen und nicht mit ihnen zu beten. Die Familie Schnitzler ging fast nie in die Synagoge und feierte Weihnachten und Ostern wie sie. Marie fragte nicht nach, sie dachte nicht weiter daran. Doch in den Stunden, in denen ihr bang wurde, in denen sie verzweifelt war, da erinnerte sie sich an die Gebete ihrer Kindheit und sprach die Worte ganz automatisch vor sich hin. Vielleicht war der verloren gegangene Heini damals am Christkindlmarkt ja wieder aufgetaucht, weil der Herrgott eine schützende Hand über ihn gehalten hatte, und auch das große Fieber, das Lili letztes Jahr gehabt hatte, war vielleicht nur mit Gottes Hilfe niedergeschlagen worden.

»Wo bist du denn mit deinen Gedanken?« Oskar fasste sie am Kinn und hob ihr Gesicht an. »Du warst ja ganz weit weg.«

Marie schüttelte leicht den Kopf, als würde sie eine lästige Fliege verscheuchen, dann nahm sie Oskars Hand und drückte sie. »Bist du sicher, dass du das tun willst?«

»Ja, natürlich bin ich sicher. Ich will dich heiraten, endlich mit dir zusammen sein, und deswegen machen wir das so. Du würdest das auch für mich tun, aber es wär viel komplizierter.«

»Ja, ich würde es auch tun«, sagte Marie, und auch wenn sie nicht genau wusste, was es bedeutete, »jüdisch« zu sein, sie war sich sicher, sie würde es für Oskar lernen.

»Also – jetzt hör auf, dir den Kopf zu zerbrechen. Ich trete nächste Woche aus der jüdischen Gemeinde aus, und dann bin ich frei.«

»MARIE? KÖNNTEN SIE kurz kommen?« Arthur Schnitzler trat aus dem Arbeitszimmer, gerade als Marie die Treppe zu ihrem Zimmer hinaufgehen wollte. Wie immer, wenn er sie ansprach, erschrak sie. »Sehr wohl, Herr Doktor. Ich komme.«

»Würden Sie mir noch eine Tasse Tee machen? Ich glaube, Sophie ist schon zu Bett gegangen.«

»Ja, natürlich, Herr Doktor.« In der Küche setzte Marie Teewasser auf, zum Glück brannte im Herd noch ein Stück Holz, und während sie wartete, bis das Wasser kochte, setzte sie sich an den Küchentisch. Marie wusste genau, was der gnädige Herr sagen würde, und sie hatte Angst davor. Nun wurde es also ernst, es gab kein Zurück mehr, sie würde aus diesem Haus ausziehen und in eine unbekannte Zukunft gehen. Marie strich mit der Hand über die raue Tischplatte und ließ ihren Blick durch die dämmrige Küche schweifen. Wie sehr würde sie das Haus hier vermissen! Anna und Sophie und natürlich die beiden Kinder, die ihr so ans Herz gewachsen waren. Aber auch das Haus. Die Küche, mit all den Pfannen und Kellen und Töpfen, dem großen Krug, in dem mindestens ein Dutzend Kochlöffel steckten, die Anna spaßeshalber gerne mit bedrohlicher Miene schwang. Die stumpfen Fliesen, die im Sommer so angenehm kühl waren, die quietschende, schiefe Tür der Speisekammer, die es unmöglich machte, etwas rauszuholen, ohne dass die Köchin es merkte. Sie war nicht mal zwei Jahre hier gewesen, und doch war das Haus ein Zuhause für sie, ein Ort, an dem sie sich aufgehoben und sicher fühlte.

Marie stand auf, straffte die Schultern und schob den Stuhl

unter den Tisch. Dann nahm sie die Teetasse und trug sie vorsichtig über den Flur. Die Tür des Arbeitszimmers war angelehnt, sie klopfte und trat ein. Arthur Schnitzler saß an seinem Schreibtisch, der Lichtkegel der Tischlampe erhellte lediglich einen kleinen Ausschnitt des Zimmers. Er blickte auf, als er Marie bemerkte, sah sie irritiert an, als hätte er schon wieder vergessen, dass er sie zu sich gebeten hatte. Marie stellte den Tee auf den Schreibtisch, trat einen Schritt zurück und faltete die Hände hinter dem Rücken. Er sollte nicht sehen, wie sehr sie zitterten.

»Ich wollte Ihnen nur mitteilen, dass wir Ersatz gefunden haben, die Dame wird am Montag zu uns kommen. Also würde ich Sie bitten, am Sonntagabend auszuziehen.«

»Aber Herr Doktor, soll ich das neue Fräulein nicht noch ein wenig einarbeiten?«

»Wir haben beschlossen, dass das nicht nötig sein wird. Die Kinder sind groß genug, und ich denke, ein schneller Abschied von Ihnen ist besser für sie.«

»Sehr wohl, Herr Doktor.« Marie deutete einen Knicks an und wandte sich zur Tür. Vor ihrem Dienstherrn wollte sie nicht in Tränen ausbrechen.

Arthur Schnitzler stand auf, streckte ihr ein Kuvert entgegen und reichte ihr die Hand. Als Marie sie zögernd nahm, räusperte er sich. »Hier ist Ihr Gehalt für den restlichen Monat. Es tut mir leid, dass Sie gehen, ich hatte Sie gerne hier im Haus. Aber ich verstehe Ihren Schritt selbstverständlich und wünsche Ihnen alles Gute.«

Sie nahm den Umschlag an sich und verließ rasch das Arbeitszimmer. Sie hatte noch nicht mal das obere Ende der Treppe erreicht, da liefen ihr die Tränen schon über die Wangen.

Den Samstag über widmete sich Marie ganz den Kindern. Zu Mittag machten sie einen Spaziergang, standen lange am künstlichen Wasserfall im Türkenschanzpark, den Lili so sehr liebte, und warfen kleine Brotstücke in den Ententeich. Die Kleine war lustig wie immer, sie war noch zu jung, um zu verstehen, dass das ihr letzter Tag mit Marie war, doch Heini war wortkarg und in sich gekehrt. Marie sprach nicht darüber, dass sie morgen ausziehen würde, sie wusste nicht, was sie sagen sollte, denn wie sie es drehte und wendete, man konnte den Kindern ihre Kündigung nicht schönreden. Sie wusste, dass Heini sich einfach nur verlassen fühlte. Und er hatte ja auch recht. Sie verließ ihn, und auch wenn sie ein Anrecht auf ein eigenständiges Leben hatte, in den Augen des Kindes war es einfach nur ein schmerzlicher Abschied, das verstand sie.

Am Sonntag verließen Olga und Arthur Schnitzler mit den Kindern das Haus vor dem Mittagessen. Sie waren mit dem Bruder verabredet und wollten erst am Abend zurück sein. Bis dahin sollte Marie ausgezogen sein.

Ihr Koffer war rasch gepackt, sie war mit wenig eingezogen und recht viel mehr war nicht dazugekommen. Die paar Bücher, drei Paar Strümpfe und ein neues Schultertuch. Den kleinen Stapel Briefe, den sie von Oskar hatte, band sie mit einer Schnur zusammen und legte ihn in die Handtasche. Den Strohhut, den er ihr vor ihrem Urlaub geschenkt hatte, hielt sie in der Hand.

»Jetzt mach nicht so ein Gesicht.« Anna stand in der Küchentür, das Dienstmädchen Sophie direkt hinter ihr. »Du gehst ja nicht ins Gefängnis, du heiratest den Mann, den du liebst.«

»Ja, ich weiß.« Marie stellte den Koffer ab. »Aber warum muss man sich immer entscheiden im Leben? Warum kann man nicht alles haben?«

»Ach, Kindchen. Komm her. Ich weiß, wie es dir geht. Angst und bang ist dir. Aber glaub mir, du machst das schon richtig.

In einem halben Jahr lachst du über deine Sorgen. Und so weit weg bist ja auch nicht. Vielleicht fang ich jetzt auch noch an Bücher zu lesen, jetzt, wo du Buchhändlerin wirst.«

»Na geh, ich werd doch nicht Buchhändlerin! Ich bin und bleib ein Bauernmädel, das ändert sich auch durch eine Hochzeit nicht.«

In dem Augenblick klingelte es und Sophie öffnete die Tür für Oskar. Sie blickten sich kurz in die Augen und Marie sah, dass er genauso unsicher und verlegen war wie sie. Marie drückte Anna und Sophie, und dann griff sie rasch zu Handtasche und Hut und ging durch die Tür. Oskar nahm ihren Koffer und folgte ihr. Den kurzen Weg in die Währinger Straße legten sie schweigend zurück.

Nachdem sie nun kein Dach mehr über dem Kopf hatte, würde Marie in der neuen Wohnung übernachten. Doch sie waren noch nicht verheiratet, konnten also nicht zusammen da einziehen. Deshalb hatte Oskar sein Untermietzimmer im zweiten Bezirk behalten, da würde er schlafen, bis sie offiziell Mann und Frau waren.

In den letzten Wochen hatte Oskar die Habseligkeiten von Friedrich Stock zusammengepackt und aus der Wohnung geschafft. Das meiste hatte er ohnehin behalten, die paar Küchenutensilien und auch die Hemden. Wenn man sie in die Hosen steckte, merkte man nicht, dass sie zwei Nummern zu groß waren. Bücher würde er sowieso niemals weggeben, also sah die Wohnung nicht viel anders aus als zu der Zeit, in der Stock sie bewohnt hatte.

Marie räumte schweigend ihre wenigen Kleidungsstücke in die Schublade, die Oskar leer geräumt hatte, dann setzte sie sich auf die Bettkante und seufzte tief.

»Was ist denn los mit dir, meine Liebe?« Oskar setzte sich zu ihr und nahm ihre Hand.

»Glaubst du, wir machen das Richtige?«

»Was meinst du? Heiraten?«

»Ja, ich meine, ich hatte eine gute Arbeit. Und jetzt gebe ich das alles auf. Ich habe kein Zuhause mehr.«

»Das ist jetzt dein Zuhause. Zweifelst du an mir?«

»Nein, Oskar. Nicht an dir. An mir. Und daran, dass du mich in fünf Jahren auch noch lieben wirst.«

»Wie kommst du darauf, dass es nicht so sein könnte?«

»Weil du ein so gebildeter Mann bist. Ein Buchhändler mit einem eigenen Geschäft. Und ich bin ein dummes Kindermädchen.«

»Wenn du das noch ein Mal sagst, dann werde ich richtig, richtig grantig. Du musst damit aufhören, hörst du? Du bist genauso viel wert wie ich, und ich brauche dich. Du bist das Einzige, was ich hab.«

Und dann beugte er sich vor, nahm sie in den Arm und küsste sie so fest und leidenschaftlich, dass sie auf das Bett zurücksank. Oskar ließ sie nicht los, wühlte mit einer Hand in ihrem Haar, die andere spürte sie ganz zart an ihrer Brust. Marie erwiderte seinen Kuss, hatte ihren Arm um seinen Rücken geschlungen und die Augen geschlossen, aber sie traute sich kaum, sich zu bewegen. In ihrem Bauch kribbelte es gehörig, sie spürte, wie Oskar sich an ihren Schoß drückte, und sie musste zugeben, es gefiel ihr. Nach einer kleinen Ewigkeit setzten ihre Gedanken wieder ein, sie schob Oskar energisch von sich weg und wand sich aus seiner Umarmung. Er gab auch sofort nach, setzte sich auf, zupfte sich den Hemdkragen zurecht und flüsterte leise: »Entschuldige bitte. Ich wollte dich nicht bedrängen.«

»Nein, es ist gut. Du hast mich nicht bedrängt. Ich mag das gern, wenn du mich küsst. Es ist nur …« Sie löste den unordentlichen Zopf und flocht ihn neu. »Wir sollten das nicht tun, bevor wir verheiratet sind.«

»Nein, das sollten wir nicht, da hast du recht.« Oskar warf ihr einen sehnsüchtigen Blick zu, und Marie lachte: »Schau nicht so traurig, das dauert nicht mehr lange. In drei Wochen bin ich deine Frau, dann wirst du deiner freien Zeit nachweinen.«

»Das glaube ich nicht. Ich kann es kaum erwarten. Machen wir noch einen Spaziergang?«

»Hast du nichts mehr zu arbeiten?«

»Eigentlich schon. Aber ich dachte, es ist so schönes Wetter. Da kann man ja auch mal nicht arbeiten.«

»Ich komm mit und helfe dir. Du sagst mir, was ich zu tun habe.«

»Ja, gerne.«

Marie fand es fantastisch, in der Buchhandlung zu sein, nun, da sie geschlossen war. Jetzt kam sie nicht in die Verlegenheit, mit Kunden sprechen zu müssen, konnte in aller Ruhe Bücher anschauen, ein wenig Ordnung machen, ein paar Regale abstauben.

Oskar drückte ihr einen Stapel Lieferscheine in die Hand und erklärte ihr, wie man die Bücher in den Kisten mit den Einträgen auf den Zetteln abglich, den Eintrag abstrich und kontrollierte, ob die Bücher in Ordnung waren. Die Arbeit ging ihr leicht von der Hand. Oskar zeigte ihr noch, wo die Bücher hingehörten, und als sie das nächste Mal auf die Uhr schauten, war es schon fast neun.

»Ich werde jetzt mal zu meinem Zimmer fahren und schlafen gehen. Wir sehen uns morgen.«

Oskar schloss die Buchhandlung ab und begleitete Marie noch über die Straße. Er verabschiedete sich rasch mit einem flüchtigen Kuss, gerade so, als würde er nicht in Versuchung kommen wollen.

Marie lag die halbe Nacht wach. Alles war ungewohnt, der Mond schien ins Zimmer, die Vorhänge ließen sich nicht richtig zuziehen und sie drehte sich zur Wand. Im Haus rauschte eine

Wasserleitung, unten rumpelte die Straßenbahn vorbei, und irgendwann gab sie auf, stieg aus dem Bett und setzte sich ans Fenster. Das war nun also ihre Wohnung. Sie würde sich daran gewöhnen. Morgen würde sie anfangen, diesen schmucklosen Männerhaushalt ein wenig hübscher zu machen. Tischtuch, ein Bild an die Wand, die Bücher in den Regalen abstauben und neu sortieren, ein paar frische Wiesenblumen auf den Tisch. Und die Fenster sollten dringend geputzt werden, dachte sie und fuhr mit dem Zeigefinger nachdenklich über die staubigen Scheiben.

Marie fühlte sich ziemlich allein in dieser fremden Wohnung, die nun ihre sein sollte, sich aber überhaupt nicht so anfühlte. Eigentlich sollte sie glücklich sein, sie war jetzt frei, niemand konnte mehr über sie verfügen, und sie würde bald heiraten. Aber sie hatte Sehnsucht nach dem Haus in der Sternwartestraße, nach den Kindern. Wie gerne würde sie jetzt in Lilis Zimmer schleichen und schauen, ob die Kleine auch gut zugedeckt war. Oder mit Anna in der Küche sitzen, bei einer Tasse Tee, und ein bisschen tratschen. Warum nur musste man immer Entscheidungen treffen in Leben, warum immer das eine für etwas anderes aufgeben?

SO WAR DAS ALSO, wenn man sich liebte. Als Marie aufwachte, war es dunkel, und sie brauchte lange, um aus den Tiefen ihrer Träume aufzutauchen. Erst als sie die Augen aufschlug und die Umrisse des Zimmers erkennen konnte, realisierte sie, dass sie nicht in Kirchschlag auf dem elterlichen Hof war und der Mensch, der da neben ihr atmete, nicht eine ihre Schwestern war, sondern Oskar, seit gestern ihr Ehemann.

Sie umfasste ihn von hinten, schlang einen Arm um seinen Bauch und drückte ihr Gesicht gegen seinen Rücken. Er wachte nicht auf, seufzte einmal tief und nahm ihre Hand.

Es war anders gewesen, als sie sich das immer vorgestellt hatte. Zärtlicher, gefühlvoller, ja einfacher, irgendwie geschah es wie von selbst, es war ein wenig so, als wüssten ihre Körper, was sie zu tun hätten, obwohl beide keinerlei Erfahrungen hatten. Sie küssten sich immer wieder, lagen dann einfach beieinander, Oskar löste ihren Zopf, kämmte mit den Fingern ihr Haar, und irgendwann waren sie plötzlich nackt unter der Bettdecke und sie empfand es als sehr angenehm.

Als sie erschöpft nebeneinanderlagen, war Marie erleichtert, und es schien auch, als wäre Oskar geradezu froh, dass sie es geschafft hatten. Er war für seine Verhältnisse richtiggehend geschwätzig, plauderte über die Buchhandlung und Herrn Stock und das letzte Buch, das er gerade gelesen hatte, und immer wieder stützte er sich auf seinen Arm, beugte sich über Marie und küsste sie zärtlich. Die hörte nur mit halbem Ohr zu, streute immer wieder ein »Ja?« oder »Wirklich?« ein, denn mit ihren Gedanken war sie ganz woanders.

Wenn man auf einem Bauernhof aufgewachsen war, dann wusste man ungefähr, wie es ablief, wenn man sich fortpflanzte. Als Kind hatte Marie mit ihren Geschwistern ein paarmal die Kaninchen beobachtet und keine Ahnung gehabt, was die da trieben. Oder den Schäferhund der Großmutter, der, als er noch jünger war, immer wieder zur Hündin der Nachbarn abgehauen war. Als sie ihn da einmal abholen musste, war es wohl zu spät gewesen und der Bauer hatte ihn wütend von seiner Jagdhündin gezerrt. Erst als der große Bruder mit Seitenblicken auf seine Schwestern immer wieder seltsame Witze gemacht hatte, wurde Marie bewusst, dass man so etwas in der Art wohl tun musste, um Kinder zu bekommen. Es war erschreckend für sie, abstoßend, damit wollte sie nichts zu tun haben. Und in den letzten Wochen hatte Marie sehr oft an eine Erinnerung aus ihrer Kindheit gedacht. Sie konnte gar nichts dagegen tun, immer wieder tauchte das Bild vor ihrem geistigen Auge auf. Sie musste noch sehr klein gewesen sein, da wurde sie durch ein heftiges Gewitter geweckt, kletterte aus dem Bett und rannte voller Angst durch das dunkle Haus ins Schlafzimmer der Eltern. Auf der Türschwelle blieb sie wie angewurzelt stehen und starrte auf das große Bett mit dem geschnitzten Kopfteil. Ein Blitz erhellte das Zimmer, und sie sah ihren Vater, wie er nackt auf der Mutter lag. Sein weißes Hinterteil leuchtete, und die Mutter konnte man erst gar nicht sehen, der Vater bedeckte sie fast vollständig. Da bemerkte die Mutter Marie und zog rasch die Decke über die beiden Körper, der Vater wandte ihr den Kopf zu und starrte sie aus leeren Augen an. Es schien, als würde er ein paar Sekunden brauchen, um sie als eine seiner Töchter zu erkennen. Er brüllte Marie nicht wie sonst aus vollem Hals an, seine Stimme war gepresst und verhalten, dennoch drehte Marie sofort um und schloss leise die Tür hinter sich, nachdem er »Verschwind sofort!« gezischt hatte. Sie erinnerte sich deutlich daran, wie sie damals lange wach gelegen hatte, dem davonziehenden Gewitter nachgelauscht und an die Eltern auf der anderen Seite des Hausflurs gedacht hatte. Schon damals wusste sie, dass sich dieses verstörende Bild für immer in ihr Gedächtnis einbrennen würde. Erst viele Jahre später erkannte sie die Zusammenhänge zwischen dem nackten Vater, der auf ihrer Mutter lag, und den Kindern, die in regelmäßigen Abständen zur Welt kamen. Ach, wie gerne hätte sie ein paar Jahre später mit jemandem über ihren veränderten Körper gesprochen, über das Bauchweh, gefolgt vom Blut, dass sie jeden Monat verlor, doch es gab niemanden. Ihre Schwestern waren alle jünger, die Mutter konnte sie so etwas nicht fragen, und die Schule hatte sie mit vierzehn bereits verlassen müssen. Als sie auf dem fremden Hof, auf dem ihr Vater sie abgegeben hatte, den Knecht bemerkte, der sich jede Nacht auf eines der Strohlager der jungen Mägde schlich, da wusste sie, dass sie sich das nicht gefallen lassen würde. Ohne groß nachzudenken, verschwand sie mitten in der Nacht aus dem Gemeinschaftslager und machte sich auf in ihr neues Leben.

Im Haushalt von Arthur Schnitzler hatte sie ein wenig mehr erfahren, schließlich hatte die Köchin die ungewollte Schwangerschaft des Dienstmädchens zum Anlass genommen, mit Marie ein wenig über »das da unten« zu reden. Und es war ja nicht so, dass ihr die heimlichen Küsse, die sie mit Oskar im letzten Jahr hin und wieder ausgetauscht hatte, nicht auch gefallen hätten, aber dass es dann so schön war, sich zu berühren, und sie es so gerne wollte, überraschte sie dennoch.

»Sag mal, schläfst du schon?« Oskar hatte sich Marie zugewandt, und seine Hände umfassten ihr Gesicht. »Wie schön du bist …« Er hob die Decke ein wenig an und betrachtete ihren Körper. Marie schloss die Augen und unterdrückte den Impuls, ihre Brust zu bedecken. »Nein, ich hab nur nachgedacht«, sagte sie leise und schmiegte sich an ihn.

»Und? Bist du zu einem Ergebnis gekommen?«

»Ja, bin ich.«

»Und wie lautet das Ergebnis?«

»Dass ich sehr, sehr glücklich bin.«

»Das bin ich auch. Jetzt wird alles gut, jetzt sind wir zusammen.«

»Ich werde dir eine gute Frau sein.«

»Ich weiß, du wirst die beste sein. Und jetzt schlaf ein bisschen, wir müssen morgen früh raus, der Zug geht um acht Uhr.«

»Ja, und am Nachmittag sind wir schon in Mariazell. Ach, wie ich mich freue!«

»Und ich erst! Wir werden eine Wanderung machen, und dann müssen wir uns die große Basilika anschauen, wirst sehen, da werden wir ganz heilig.«

»Ja, aber bevor wir heilig werden, schlafen wir ein bisschen.«

»Gute Nacht.«

Eine halbe Stunde zu früh waren sie bereits am Westbahnhof, denn beide waren so aufgeregt, dass sie schon vor Sonnenaufgang wach geworden waren. Marie blickte sich in der großen Bahnhofshalle immer wieder um, sah hinauf zu den hohen Decken und erinnerte sich, als wäre es gestern gewesen, wie sie vor ein paar Jahren mit nicht viel mehr als dem Kleid, das sie trug, hier aus dem Zug gestiegen war. Oskar tat zwar ein bisschen weltmännischer, kontrollierte aber ständig, ob er die Billetts eingesteckt hatte. So viel Erfahrung mit dem Reisen hatte auch er nicht.

Allein schon die Zugfahrt wäre die Reise wert gewesen, dachte Marie, als sie in der kleinen Bahn nach Mariazell saß und wie gebannt aus dem Fenster sah. Die Landschaft, die an ihnen vorüberzog, war wunderschön: Wiesen mit Kühen darauf, kleine Flüsse und Berge, und als an einem Bahnhof ein paar Kinder laut rufend und lachend dem Zug nachwinkten, sprang Marie auf und winkte mit dem Taschentuch aus dem Fenster. Oskar strahlte sie an. Und als sie dann nach Wienerbruck über ein paar Brücken fuhren und sie einen Blick in die Ötschergräben warfen, waren beide sprachlos ob des Anblicks in die wilde Schlucht. Und die vielen Wasserfälle!

Fannis Onkel hatte ein großes Stadthaus direkt im Zentrum von Mariazell. Dem frisch vermählten Paar wurde eine kleine Dachkammer zur Verfügung gestellt. Obwohl es nicht mehr als ein Dienstbotenzimmer war, fühlte sich Marie wie eine Prinzessin, als sie durch die kleine Tür trat.

»Ich hoffe, das Bett ist breit genug«, lachte Primarius Gold, der es sich nicht nehmen ließ, die beiden persönlich in den zweiten Stock zu begleiten. »Aber ihr seid ja frisch verheiratet, da hat man es eh gerne eng, oder?«

Marie stand in dem kleinen Zimmer, sie passte gerade so unter die Dachschräge, betrachtete die weiße Bettwäsche, die Vorhänge aus kariertem Stoff und den Wiesenblumenstrauß, den jemand auf den kleinen Tisch gestellt hatte. Es war so schön, wie nur hatte sie dieses Glück verdient? Dieses bescheidene Zimmer, in dem sie die nächsten vier Nächte verbringen würden, kam ihr vor wie eine Verheißung auf ihr zukünftiges Leben. Ein Zimmer, in das die Sonne durch die Scheiben schien, ein Bett mit sauberer Wäsche, ein Schrank, in dem sie ihre Kleider verstauen konnte, ein Tisch mit Blumen drauf – mehr brauchte doch niemand zum Glücklichsein!

Obwohl das Bett wirklich schmal war, schliefen sie gut, ihre beiden Körper hatten sich rasch aneinander gewöhnt. Die frische Luft und die ausgedehnten Wanderungen, die sie unternahmen, taten das Übrige für einen tiefen, traumlosen Schlaf.

Gleich am ersten Tag standen sie früh auf, aßen in der Küche ein Stück Brot und tranken ein Glas Milch. Dann wollten sie rauf auf den Berg, dessen Aufstieg direkt gegenüber dem Haus begann. Der Weg stieg steil bergan und sie gingen schweigend hintereinander her. Eine halbe Stunde später hatte Marie ihr Kleid komplett durchgeschwitzt, auch Oskar zog die Weste aus und öffnete sein Hemd. Nach halber Strecke zog er Marie auf einen Stein, sie sank erschöpft nieder und blickte ins Tal. Vor ihnen lag der Ort mit der riesigen Kirche und den vielen kleinen Häusern, die Aussicht war atemberaubend.

»Wir wohnen im schönsten Haus von ganz Mariazell«, lachte sie, und Oskar nahm ihre Hand und drückte sie fest.

»Wir sind ja auch die glücklichsten Menschen von ganz Mariazell. Also ist das nur recht so.«

»Es ist schon recht schön, ein Städter zu sein.« Marie strich mit der Hand über den bemoosten Stein.

»Und warum sagst du das jetzt, wo wir in den Bergen sind?«

»Na, weil nur die Städter spazieren gehen. Von den Bauern geht keiner einfach so irgendwohin.«

Sich auf den Weg zu machen, ganz ohne Ziel, das hatte Marie tatsächlich erst in der Sternwartestraße gelernt. Der Herr Schnitzler war fast jeden Tag spazieren gegangen, manchmal hatte er lange Wanderungen in den Wienerwald unternommen, oft durfte Heini ihn begleiten. Und auch Marie war angehalten worden, mit den Kindern in den Park zu gehen, also unternahm auch sie zahlreiche Ausflüge zu Fuß. Als sie dann Oskar kennenlernte, drehten sie ebenfalls ziellose Runden durch den Park. In ihrer Familie war niemand spazieren oder gar wandern gegangen. Man war ohnehin den ganzen Tag in Bewegung, vom Haus in den Stall, aufs Feld oder in die Scheune. Weite Wege trat man nur an, um an ein Ziel zu gelangen: an den hohen Feiertagen die Kirche, hin und wieder die weit entfernt liegende Kreisstadt. Niemand wäre auf die Idee gekommen, an einem Sonntag einfach so zum Vergnügen durch die Landschaft zu spazieren.

Doch Marie gefiel es. Sie ging gerne, musste sich allerdings ständig zusammennehmen, um nicht zu rennen. Spazierengehen bedeutete schließlich, dass man Zeit hatte, nicht schnell sein musste, um von einem Ort zum anderen zu kommen. Oskar hatte sie schon oft ausgelacht, wenn sie wieder mal drei Schritte vor ihm dahinstapfte und es erst gar nicht bemerkte, dass sie sich beeilte, als dürfte sie nicht zu spät in die Schule kommen.

Doch was waren diese Parkspaziergänge gegen so einen Aufstieg auf einen Berg? Gut, es war kein richtig großer, rundherum erhoben sich noch viel mächtigere Gipfel, aber für Marie war es hoch genug, hier oben auf der Bürgeralpe.

Beim Gehen konnte man gut denken, das hatte Marie rasch bemerkt, und zu denken hatte sie wirklich genug. Darüber, wie sich ihr Leben entwickelt hatte und wie sehr sie sich in den letzten zwei Jahren verändert hatte. Die Arbeit bei der Familie Schnitzler hatte einen anderen Menschen aus ihr gemacht, denn auch wenn sie nicht Teil der Familie, sondern nur Kindermädchen gewesen war, hatte sie die Lebensweise der Dichterfamilie wie ein Schwamm aufgesogen. Bis sie fünfzehn gewesen war, hatte sie gedacht, dass das Leben, das ihre Familie auf dem Bauernhof führte, das einzig mögliche sei, sie kannte nichts anderes, und auch das Leben der Kinder in der Dorfschule oder auf den Nachbarhöfen unterschied sich kaum von ihrem. Doch dann war sie einfach weggegangen, hatte ihre Familie hinter sich gelassen wie ein abgelegtes Kleidungsstück und war in eine andere Welt aufgebrochen.

Mit Erstaunen und Bewunderung hatte sie gelernt, dass man spazieren ging, mit Kindern ernsthaft und wertschätzend sprach, musizierte, Bücher las und Freunde zum Essen einlud, einfach so, ohne Anlass, nur eben aus Freude am Zusammensein. Bücher und Musik hatte es in ihrer Kindheit nicht gegeben, und der Vater richtete das Wort nur an seine Kinder, wenn er knappe Befehle erteilte. Besuch hatten sie nie gehabt. Nur einmal, sie erinnerte sich, da waren eine Frau und ein Mann bei ihnen zum Mittagessen gewesen. Den Kindern wurden sie als Onkel und Tante vorgestellt, und Marie spürte heute noch, wie aufgeregt sie und ihre Geschwister gewesen waren, wie sehr sie Angst gehabt hatten, bei Tisch etwas falsch zu machen und den Zorn des Vaters auf sich zu ziehen. Da fiel ihr Heini ein und wie sehr er es liebte, wenn er am Abend in den Salon kommen, ein wenig mit dem Besuch plaudern, manchmal sogar etwas auf dem Klavier vorspielen durfte. Er hatte keine Scheu, keine Angst, nicht zu bestehen, und manchmal, wenn sie ihn dann wieder geholt hatte, um ihn zu Bett zu bringen, hatte sie den Blick seines Vaters gesehen, der ihn stolz und liebevoll verabschiedete.

Marie tat einen schweren Seufzer und stand auf. Sie reichte Oskar eine Hand und zog ihn hoch. »Auf geht's. So kommen wir nie nach oben.«

Sie lachte ihre melancholische Stimmung weg, ging voraus, wollte nicht, dass Oskar glaubte, sie sei traurig oder ängstlich. Nein, sie war sehr glücklich und seit den letzten zwei Nächten auch sicher, dass das alles gut werden würde mit ihr und Oskar. Nur manchmal vermisste sie die Kinder so schrecklich. Ihre kleine Lili, die nichts lieber tat, als Marie zum Lachen zu bringen, und den klugen Heinrich, von dem sie so viel gelernt hatte. Sie fand es ungerecht und grausam, dass sie sie nicht einmal besuchen durfte. Doch das hatte die gnädige Frau dezidiert ausgeschlossen, es würde die Kinder verunsichern, meinte sie.

»Das würd dem Heini gut gefallen hier.« Marie stützte die Hände in die Hüften und blickte zum Aussichtsturm empor.

»Du denkst viel an die Kinder, oder?«

»Ja, schon. Ich hab sie sehr lieb gewonnen.«

»Wir können auch bald Kinder haben.«

»Ja, eh, aber jetzt lass uns erst einmal unser neues Leben ein wenig probieren. Das geht alles so schnell.«

»Du hast recht. Jetzt gehen wir aber bald was essen. Ich hab Hunger wie ein Bär«, lachte Oskar und zog Marie ein Stück weiter. Hinter der Erzherzog-Franz-Karl-Warte lag eine malerische Hütte, ein paar Wanderer saßen an den Tischen auf dem kleinen Platz davor.

»Griass eich«, rief ihnen der Hüttenwirt entgegen, und Marie musste schmunzeln, als Oskar versuchte, den Dialekt nachzuahmen. Er grüßte freundlich, und der stattliche Herr schlug ihm auf die Schulter und rief: »Mei, die Wiener san da! Was wollt's essen?«

Sie bestellten Erbsensuppe mit Würstchen, dazu tranken sie Most, und dann saßen sie einfach aneinandergelehnt und betrachteten die Berge, die rundherum aufragten. Der Wirt, er hieß Hans, setzte sich ein wenig zu ihnen, nannte ihnen die Namen der Gipfel, die sie sofort wieder vergaßen, und als er hörte, dass es ihre Hochzeitsreise war, ließ er es sich nicht nehmen, sie auf einen Schnaps einzuladen. Dass Marie noch nie hochprozentigen Alkohol getrunken hatte, interessierte ihn nicht. »Du bist ein g'standenes Mädel, das packst du schon. Und am besten bleibst gleich bei uns. Wir brauchen eh starke Frauenpersonen, die hier oben helfen«, lachte er und klopfte Oskar auf die Schulter. »Was glaubst, was hier los ist, wenn nächste Woche die ganzen Wallfahrer aus Wien kommen. Da könnt ich dich schon brauchen.« Er zwinkerte Marie zu, die wurde rot und blickte in ihr Mostglas.

»Sicher nicht, die nehm ich wieder mit in die Stadt. Das ist meine und die wird jetzt Buchhändlerin.«

»Na geh, die g'hört doch aufs Land, die geht dir eh ein in der Stadt.«

»Ich find die Stadt recht schön«, wiedersprach Marie leise, »also da ist's eh auch schön, aber wohnen tu ich lieber in Wien.« Ohne darüber nachzudenken, war sie wieder in ihren oberösterreichischen Dialekt verfallen, und Oskar sah sie erstaunt an.

»Na, wenn's da am Balkan richtig Krieg gibt, dann kommt's zu uns auf die Berg. Wien ist ja ganz nah von da unten, wenn die Türken oder die Serben kommen.«

»Ach, das ist so weit weg von uns, wir haben keine Angst.« Oskar stand auf und band seine Schuhe fester zu. »Komm, Marie, wir müssen an den Abstieg denken. Sonst wird's noch finster, dann finden wir den Weg nicht mehr.«

Sie verabschiedeten sich vom Wirt des Schutzhauses und machten sich auf den Heimweg. Müde waren sie und Marie war der Alkohol ganz schön zu Kopf gestiegen.

»Glaubst du, es ist wirklich gefährlich in Wien?«

»Ach geh, du wirst doch nicht glauben, was der da oben gesagt hat. Der wollt sich doch nur wichtigmachen. Hast nicht gemerkt, wie er dir schöne Augen gemacht hat?«

»Ist da jemand eifersüchtig?«

»Natürlich bin ich eifersüchtig. Und wie. Das ist doch ganz normal, wenn man die schönste Frau der Welt hat.«

»So, die Kirche müssen wir uns aber schon anschauen«, meinte Marie, als sie am nächsten Morgen den Vorhang zur Seite zog und in den Regen schaute. Gestern noch war es sonnig und heiß gewesen, doch das Gewitter kurz nach Mitternacht hatte eine Schlechtwetterfront gebracht.

»Ich will aber nicht aufstehen.« Oskar zog sich die Decke über den Kopf, und Marie musste wieder an Heini denken und daran, wie schwer der Bub jeden Morgen aus dem Bett gefunden hatte. »Komm auch wieder ins Bett. Die Kirche steht da schon so lange, die läuft uns nicht davon. Außerdem kann ich nicht aufstehen, mir tut alles weh, ich bin sicher todkrank.«

»Was tut dir denn weh?«

Oskar hatte die Decke zurückgeschlagen und bewegte seine Beine in der Luft. »Das da! Und das auch! Alles! Aua, ich hab sicher eine ganz seltene Krankheit.«

Marie setzte sich zu ihm auf den Bettrand und lachte: »Du hast einen Muskelkater! Das tut dir weh. Sag bloß, du hattest noch nie einen Muskelkater?«

»Ich glaube nicht, dass ich das schon mal hatte. Und ich muss sagen, ich kann auch darauf verzichten.«

»Mein Mann ist ein verweichlichter Städter! So ein kleiner Berg und schon musst du sterben.«

Dann kuschelte sich Marie an ihn und erzählte ihm, wie ihr nach der Heuernte als Kind immer die Arme gebrannt hatten, so sehr, dass sie kaum den Suppenlöffel hatte halten können, wie ihr die Beine wehgetan hatten, nachdem sie mit dem großen Bruder stundenlang im Wald Holz hatte sammeln müssen, und von den Rückenschmerzen nach der Kartoffelernte.

»Unsere Kinder werden es einmal besser haben als wir. Die müssen nicht arbeiten, die gehen in die Schule und lernen was!« Oskar flüsterte den Satz in ihre Halsbeuge und zog die Decke über sie.

»He, was machst du da? Wir sind doch nicht zum Schlafen so weit gefahren. Komm, steh auf, du Faulpelz.«

»Wer sagt denn, dass ich schlafen will?«, lachte Oskar und erstickte Maries Protest mit einem langen Kuss.

Es war schon spät am Vormittag, als die beiden endlich aufstanden. Marie war es richtig unangenehm, noch nie war sie länger als bis sieben Uhr im Bett geblieben – nur einmal als Kind, da war sie so krank gewesen, dass sie nicht hatte aufstehen können, doch am dritten Tag hatte sie die Mutter aus dem Bett gescheucht, obwohl sie noch recht schwach gewesen war. Die Frau Schnitzler verbrachte oft die Vormittage im Bett, manchmal hieß es, sie habe Kopfschmerzen, aber wenn Anna dann die Augen verdrehte und Sophie nach oben schickte, um der gnädigen Frau Tee zu bringen, wusste Marie: Die reichen Leut konnten einfach bis zum Mittag im Bett bleiben, ohne krank zu sein.

Sie frühstückten rasch, und dann machten sie sich auf den Weg zur Kirche. Der Regen hatte aufgehört, hie und da waren sogar ein paar Flecken blauer Himmel zu sehen. Marie war begeistert vom Ortskern: der schöne gepflasterte Hauptplatz mit den vielen Geschäften, die Apotheke, die allerlei Säfte und

Tinkturen hübsch im Schaufenster präsentierte, die herausgeputzten Häuser – wenn sie hier so durchspazierten, dann konnte sich Marie gut vorstellen, auf dem Land zu wohnen. Wobei – so richtig »auf dem Land« war das ja auch nicht. Der alte Doktor Gold hatte ihnen stolz erzählt, dass Mariazell inzwischen fast achttausend Einwohner habe, und durch die vielen Wallfahrer, die vor allem im Sommer kamen, war das kleine Städtchen überaus lebendig. Das »Land«, so wie Marie es aus ihrer Kindheit kannte, war öde und armselig. Der kleine Ort, in dem sie die Schule besucht hatte und in den sie mit ihrer Mutter manchmal zum Einkaufen gegangen war, hatte aus gedrungenen Häusern bestanden, die sich um einen Dorfplatz scharten. Der Regen hatte aus dem gestampften Erdboden für viele Monate des Jahres eine Schlammwüste gemacht, und zum Einkaufen hatte es lediglich eine kleine Gemischtwarenhandlung, einen Fleischhauer und einen Bäcker gegeben. In Mariazell sah es aus wie in einer richtigen Stadt, nur viel kleiner, und alles war so sauber und gepflegt. Immer wieder blieb sie stehen und betrachtete die Auslagen der Geschäfte: unzählige Heiligenstatuen, kleine Marienfiguren, Bienenwachskerzen, aber es gab auch Bekleidungsgeschäfte mit bunten Dirndln und Lederhosen für die Herren. Marie war begeistert und nahm sich vor, ein Geschenk für Fanni zu kaufen, einen Lebkuchen vielleicht oder eine schöne Kerze.

Die große Basilika überragte den gesamten Ort. Die beiden öffneten vorsichtig das große Portal, doch als sie sahen, dass gerade eine Messe abgehalten wurde, schauten sie sich nur kurz um und gingen wieder hinaus. Beeindruckt vom vielen Gold und dem ganzen Prunk standen sie auf dem Kirchenvorplatz und blickten nach oben zur Spitze des hohen Turms.

Oktober 1913

»SAG MAL, DU HATTEST schon länger nicht deine ... na, du weißt schon.«

Sie waren in der Buchhandlung, Marie war gerade dabei, Neuerscheinungen auf einem Tisch zu arrangieren, Oskar stand vor der Schublade mit den Wanderkarten und überlegte, welche er nachbestellen sollte. Es war ein ruhiger Vormittag, bis jetzt hatten sich genau drei Kunden zu ihnen verirrt, sie waren allein im Laden.

Marie wurde ein wenig rot, anscheinend wusste sie genau, was Oskar meinte.

»Ja, manchmal ist das so. Vielleicht die ganze Veränderung?«

»Glaubst wirklich? Könnte es nicht sein, dass ...?«

»Ich weiß nicht. Na ja, ein bisschen schlecht ist mir auch in der Früh. Ich hab mal gehört, wie sich zwei beim Greißler unterhalten haben, die eine hatte einen dicken Bauch, und sie sagte zur anderen, dass ihr die ersten paar Monate schrecklich übel war.«

Oskar strahlte sie an, ließ die Karte, die er gerade in die Hand genommen hatte, fallen und rannte um die Budel auf Marie zu. Er hob sie in die Luft und drehte sich einmal im Kreis. »Ich weiß es! Ich kann es spüren! Wir bekommen ein Kind!«

»Lass mich sofort runter, du Kindskopf! Das weißt du doch gar nicht! Außerdem wird mir so noch mehr schlecht.«

»Doch ich weiß es! Ich fühle es!«

Als die Ladentür aufging, ließ Oskar sie runter, und Marie flüchtete sofort ins Hinterzimmer.

»Bitte schön, was kann ich für Sie tun?«

»Na, Sie sehen ja heute aus, als hätten Sie in der Lotterie gewonnen!«

»Hab ich ja auch. Also fast! Nein, Spaß beiseite, heute ist so ein schöner Tag, oder?«

Die ältere Dame schaute ihn verständnislos an und deutete dann auf ihren tropfnassen Schirm. »Na, wenn man Regen mag, dann vielleicht«, murmelte sie und kramte nach einem Zettel in ihrer Tasche. »Ich hätte gerne die neue Handel-Mazzetti.«

Im Spätherbst konnte Marie nicht mehr verbergen, dass sie in anderen Umständen war. Oskar behandelte sie wie ein rohes Ei, er wollte nicht, dass sie arbeitete, am liebsten hätte er sie nicht einmal kochen lassen, und als er eines Abends nach Hause kam und sie gerade dabei war, den Küchenboden zu wischen, schimpfte er und brachte die Arbeit selbst zu Ende, nachdem er Marie gezwungen hatte, sich aufs Sofa zu legen.

»Ich weiß gar nicht, was du hast.« Marie sah ihm kopfschüttelnd zu. »Ich bin doch nicht krank.«

»Du musst dich schonen. Stell dir vor, dir passiert etwas. Oder dem Kind.« Oskar trat zu ihr und legte seine Hand auf ihren Bauch.

»Iiih, du bist ja ganz nass. Geh weg!« Marie schob ihn lachend zur Seite. »Mir geht's wirklich gut – und dem da drinnen auch. Weißt du, meine Mutter hat fünf Kinder bekommen und immer bis zur Geburt gearbeitet. Am Feld, im Stall, im Haus. Das hat uns nicht geschadet.«

»Euch vielleicht nicht. Aber ihr sicher. Und außerdem ist es mir egal, was deine Mutter wie gemacht hat, du bist meine Frau und dir soll es gut gehen.«

»Mir geht's ganz wunderbar, mein Lieber. Ich hab den besten Mann der Welt, und bald werden wir zusammen das beste und schönste und gescheiteste Kind der Welt bekommen.«

Oft sprachen sie darüber, was es denn werden würde, und

Oskar wünschte sich ein Mädchen. »So was Süßes mit Zöpfen und Kleidchen, weißt du? So wie die Lili!«

»Ich hätte lieber einen Buben. Die haben es leichter im Leben. Die dürfen alles, und man muss nicht so aufpassen, dass ihnen was passiert.«

»Unser Mädchen darf auch alles. Und bald dürfen Frauen sogar wählen. Bis sie groß ist, hat sich alles verändert. Außerdem müssen Mädchen nicht in den Krieg.«

»Warum sagst du das? Glaubst du, es gibt Krieg?«

»Nein, glaub ich eh nicht. Obwohl es da am Balkan schon ganz schön Unruhe gibt. Und der Kaiser ist halt schon so alt. Es wird nicht besser werden, wenn er mal stirbt.«

Marie umschlang ihren dicken Leib mit den Händen und schaute Oskar erschrocken an. Sie verehrte den Kaiser, einmal hatte sie ihn in der Kutsche vorbeifahren sehen und hatte tagelang von nichts anderem gesprochen. Das Eindrucksvollste an Mariazell war für sie gewesen, dass der Kaiser einmal da gewesen war und Doktor Gold mit ihm gesprochen hatte. Drei Mal hatte sie nachgefragt, als er die Geschichte erzählt hatte; Oskar hatte sich schon über sie lustig gemacht.

»Was auch immer es wird, es ist unser Kind und es wird das beste Kind. Mit drei wird es schon lesen können.«

»Sicher, aber erst muss ich es auf die Welt bringen, bevor du mit dem Unterricht anfängst. Oder nein, du könntest uns was vorlesen, aber nichts Schlimmes.«

April 1914

»OSKAR! WACH AUF! Ich glaub, es geht los.«

Oskar schreckte aus dem Schlaf und blickte sich verwirrt um. »Was geht los? Muss ich arbeiten?« Da bemerkte er, dass es draußen noch dunkel war und Marie im Nachthemd mitten im Raum stand. Ihre Hände hatte sie auf den mächtigen Bauch gelegt, und als er aufsprang und die kleine Lampe anzündete, sah er, dass ihr Gesicht ganz blass war und die Haare verschwitzt um den Kopf lagen.

»Oh mein Gott, es geht los. Schnell, leg dich wieder hin. Ich hol die Hebamme – oder nein, ich mach heißes Wasser, sie hat doch gesagt, man braucht heißes Wasser, und ich such die Tücher und mache Tee … Oh meine Liebste, was soll ich tun?« Oskar rannte aufgeregt hin und her, stellte einen leeren Topf auf den Herd, schlüpfte in einen Schuh, obwohl er noch den Pyjama anhatte, während Marie sich ächzend krümmte, als eine neue Wehe durch ihren Körper fuhr. Nach einer Minute richtete sie sich wieder auf, ging auf ihn zu und schlang ihre Arme um ihn. »Du musst dich jetzt erst mal beruhigen. Alles wird gut, ich mach das schon. Und dann holst du die Hebamme. Und könntest du Fanni anrufen? Ich glaube, ich hätte sie gerne da.«

»Ja, mach ich. Ich lauf gleich. Aber ich mag dich gar nicht alleine lassen.«

»Komm schon, die Hebamme wohnt gleich um die Ecke, du bist in fünf Minuten wieder da. Und wenn sie bei mir ist, kann ich dich eh nicht brauchen, dann gehst in die Buchhandlung, rufst die Fanni an und danach räumst ein bisschen auf. Wir machen das schon.«

Die Hebamme war eine dicke, ältere Frau, die Oskar ein wenig an Anna, die Köchin im Haushalt der Schnitzlers, erinnerte. Er war sofort beruhigt, als sie endlich in der Wohnung war. Sie warf einen Blick auf Marie, die erneut schmerzverzerrt in der Küche kauerte, und schickte Oskar weg. »So, mein Lieber. Sie gehen jetzt mal ein bisschen spazieren. Oder ins Wirtshaus. Aber nicht zu viel trinken, das kann schnell gehen.«

Natürlich ging er nicht ins Wirtshaus, er lief nur über die Straße in die Buchhandlung. Hier hatte er auch einen Telefonanschluss, den hatte Friedrich Stock vor zwei Jahren legen lassen und es war sein ganzer Stolz gewesen. Oskar nahm häufig Anrufe für Bestellungen entgegen, raustelefoniert hatte er noch nicht so oft; er fand es immer ein wenig unheimlich. Mittlerweile war es fast Mitternacht, und es kam ihm wie ein Wunder vor, dass ein Fräulein von der Vermittlung das Gespräch sofort entgegennahm. Am liebsten hätte er ihm erzählt, dass er gerade Vater werde, aber in letzter Sekunde schluckte er seine Aufregung runter und sagte mit gepresster Stimme: »Ich hätte gerne die Nummer 473, den Anschluss Gold, bitte schön.«

Ein paar Sekunden später hörte er Fannis Stimme ganz dicht an seinem Ohr. Sie musste neben dem Telefonapparat gesessen haben.

»Fanni! Kannst du kommen? Es geht los. Bitte komm schnell, ich hab solche Angst.«

»Ja, ich komme. Wie geht es Marie?«

»Ich glaub, der geht's eh gut. Die Hebamme ist jetzt da, und mich haben sie weggeschickt.«

»Das ist auch besser so«, lachte Fanni, und dann war das Gespräch auch schon beendet. Oskar stand noch eine Weile da und hielt den Hörer in der Hand. Er bewunderte die Frauen. Wie konnten sie nur so ruhig bleiben? Warum wusste Marie genau, was jetzt zu tun war, warum verfiel sie nicht in Panik, sondern blieb gelassen und erklärte ihm, was er tun sollte?

Bald war das Hinterzimmer so aufgeräumt wie schon lange nicht mehr. Alle Rechnungen waren abgeheftet und der Schreibtisch war blitzblank. Oskar setzte sich ein wenig in den alten Lehnsessel und nahm ein Buch zur Hand. Wie immer, wenn er aufgeregt war, griff er wie im Traum zu Stifter, der hatte eine beruhigende Wirkung auf ihn. Er las die Seiten mehrmals, ohne den Inhalt zu verstehen, aber das machte nichts, die Sätze ließen ihn ruhiger werden.

Er war wohl eingenickt, als jemand laut an der Ladentür klopfte. Gerade ging die Sonne auf, und im roten Licht stand Fanni und sah ziemlich aufgelöst aus. »Schläfst du? Während die Frauen wieder einmal die ganze Arbeit machen? Möchtest du dein Kind sehen?«

»Ist es gesund? Wie geht's Marie? Wie sieht es aus? War es schlimm für Marie? Ist es ein Bub oder ein Mädel?« Aufgeregt griff er nach seiner Jacke und folgte Fanni aufs Trottoir.

»Du hast vergessen, die Tür abzuschließen.« Fanni blieb stehen, Oskar drehte sich noch einmal um und kramte zerstreut nach dem Schlüssel in seiner Hosentasche. »Jetzt sag doch, ist alles gut?«

»Wirst gleich sehen. Jetzt schließt du mal dein Geschäft ab, und dann gehen wir zu deiner Familie.«

Als sie in die kleine Wohnung traten, blieb Oskar einmal kurz stehen und holte tief Luft. Es war ganz still, kein Mucks kam aus dem Schlafzimmer, obwohl die Tür nur angelehnt war. Die aufgehende Sonne schien durch die Vorhänge und malte ein symmetrisches Muster auf den Holzboden. Oskar blickte sich um, und plötzlich hatte er das Gefühl, dass sich die kleine Wohnung seit gestern Abend verändert hatte.

Fanni schob ihn ins Schlafzimmer, und da sah er Marie im Bett liegen. Seine Frau. Die Augen waren geschlossen, doch wenigstens hatte sie wieder Farbe im Gesicht. Er trat zu ihr ans Bett, ganz leise und fast ein wenig schüchtern, und da öffnete sie die Augen und sah ihn einfach nur an. Dann, nach einer gefühlten Ewigkeit, lächelte sie und nahm seine Hand. Jetzt erst fiel sein Blick auf das kleine Bündel, das neben ihr im Bett lag, in ihre Armbeuge geschmiegt, bewegungslos.

»Er heißt Friedrich. Also – würde ich vorschlagen. Außer, du hast etwas dagegen.«

»Nein, ich hab nichts dagegen. Ich finde das sehr schön. Bist du sicher?«

»Ja, natürlich. Ohne deinen Friedrich Stock würde es den kleinen Wurm doch gar nicht geben.« Marie legte eine Hand auf den Bauch des Neugeborenen, das einen leisen Seufzer ausstieß. »Komm, schau ihn dir mal an, deinen Sohn. Er ist wunderschön.«

»Darf ich ihn halten?«

»Natürlich darfst du ihn halten. Was fragst denn so dumm? Ist doch dein Kind.« Marie lachte, hob den Säugling vorsichtig hoch und legte ihn Oskar in die Arme. Und in diesem Moment schlug der Kleine die Augen auf und blickte Oskar an, die dunklen Augen weit aufgerissen, die Stirn ein wenig gerunzelt, als würde er angestrengt nachdenken. Oskar setzte sich vorsichtig auf den Bettrand, hielt das Kind fest im Arm, und da spürte er, wie die Tränen in ihm aufstiegen. Es war ihm egal, dass Marie sah, wie er weinte, ja, auch Fanni, die am Fenster stand, konnte ruhig sehen, wie sehr ihn das bewegte. Noch nie hatte er so spontan zu jemandem eine solche Liebe empfunden wie zu dem kleinen, warmen Etwas in seinen Händen. Gleichzeitig spürte er eine große Angst in sich aufsteigen, Angst, dass ihm etwas zustoßen, dass er Schmerzen haben, jemand ihn verletzen könnte. Oskar wusste, dass sein Leben von nun an ein anderes sein würde. »Wir sind jetzt eine Familie«, sagte er mit gepresster Stimme und war sehr dankbar, dass weder Marie noch Fanni seinen Gefühlsausbruch kommentierten.

Sommer 1914

SIE HATTE DAS GEFÜHL, gerade erst eingeschlafen zu sein, da wurde sie auch schon wieder geweckt. Es dauerte ein wenig, bis Marie aus ihrem Traum fand, sie erinnerte sich an ein endloses schwarzes Meer, und irgendwo schrie ein Kind, das sie finden musste. Dabei konnte sie doch gar nicht schwimmen.

Fritzi hatte seine Decke weggestrampelt, und als sie ihn aus der Wiege nahm, spürte sie sein feuchtes Köpfchen. Die schwarzen Haare waren komplett verschwitzt.

Marie war so schrecklich müde, jeder einzelne Knochen tat ihr weh, und es schien ihr schier unmöglich, sich aufzusetzen, geschweige denn, das Bett zu verlassen. Sie wollte einfach nur schlafen, sich die Finger in die Ohren stecken, die Augen zumachen und schlafen. Irgendwie hatte sie sich das anders vorgestellt.

Oskar lag unter seinem Kissen vergraben und schnarchte leise. Wie war es nur möglich, dass er nicht aufwachte?

Als sie dann im zerschlissenen Sessel saß und auf das Kind an ihrer Brust schaute, schämte sie sich für den Gedanken von vorhin. Wie es dalag und vor sich hin schmatzte, sie mit seinen großen, dunklen Augen ruhig ansah und mit den winzigen Fingern den Stoff ihres Nachthemds umklammerte – da fühlte sie eine solche Liebe in sich aufsteigen, dass es sie ganz warm durchströmte. Sie liebte das Kind so sehr, es tat fast weh.

Wie machten das bloß die anderen Mütter? Waren die auch so überfordert? Und die, die mehrere Kinder hatten? Zum Beispiel diese junge Frau auf dem Markt, selbst fast noch ein

Mädchen, die jeden Tag dasaß und Äpfel verkaufte. An ihrem Rockzipfel hing ein Kleinkind, das auf unsicheren Beinchen gerade gehen lernte, ein etwas größeres Mädchen saß meist ruhig, fast apathisch auf einer Decke, und einen Säugling hatte die junge Frau mit einem Tuch auf den Rücken gebunden. Immer wenn Marie bei der kleinen Familie vorbeikam, kaufte sie ein paar Äpfel und steckte dem älteren Kind fünf Heller zu, die junge Frau lächelte dann immer schüchtern und bekreuzigte sich.

Marie nickte immer wieder ein, so lange saugte der kleine Friedrich an ihrer Brust. Sie saß da, blickte in das dämmrige Zimmer und schalt sich selbst für ihre Unzufriedenheit. Sie hatte doch alles, was man sich nur erträumen konnte! Einen Mann, der sie liebte und für sie sorgen konnte. Einen kleinen Buben, der gesund war und sich prächtig entwickelte. Eine eigene kleine Wohnung. Sie sollte wirklich nicht klagen. Und doch fühlte sie sich manchmal so erschöpft und müde, dass sie wünschte, jemand würde kommen und ihr für einen ganzen Tag das Kind abnehmen. Einfach nur schlafen. Ein paar Stunden am Stück durchschlafen, das war ihr größter Wunsch.

»Marie, du musst jetzt aufwachen, ich muss ins Geschäft.« Oskar stand vor ihr, das Baby im Arm, mit der anderen Hand hielt er ihr einen großen Becher Kaffee unter die Nase. Es dauerte ein paar Minuten, bis Marie sich zurechtfand. Sie lag auf dem Sofa, zugedeckt mit einer kurzen Wolldecke, ihr Nacken schmerzte. Abrupt setzte sie sich auf. »Wie spät ist es?«

»Halb neun. Da hat jemand richtig gut geschlafen!«

»Was, schon halb neun?« Marie trank einen großen Schluck Kaffee. »Wie lange ist er denn schon wach?«

»Ungefähr seit einer Stunde. Ich hab ihn vor sich hin brabbeln gehört, und du hast so tief geschlafen. Da hab ich ihn mit zur mir genommen, damit du mal ein bisschen Ruhe hast.« Oskar blickte seinen kleinen Sohn liebevoll an, bevor er ihn Marie vorsichtig in den Schoß legte. »Ich muss jetzt wirklich rüber. Kommt ihr mich später besuchen?«

»Ja, natürlich. Danke, mein Lieber. Das war so gut, mal ein paar Stunden durchzuschlafen. Jetzt geht's mir besser.«

Oskar bückte sich, gab ihr einen Kuss, und Marie musste lachen, als sie auf das Kind in ihrem Schoß schaute. Der Kleine runzelte die Stirn und sah seine Eltern mit großen Augen ernst an. Manchmal wüsste sie schon gerne, was in so einem Baby vor sich ging. In diesem Moment jedenfalls sah Fritzi aus, als würde er angestrengt nachdenken. Als Oskar die Tür hinter sich zugezogen hatte, legte Marie den Säugling ganz nach hinten an die Sofalehne und holte eine frisch gewaschene Windel aus der Kommode. Friedrich konnte sich zwar noch nicht alleine drehen, trotzdem hatte sie ständig Angst, dass er irgendwo runterfallen könnte.

Draußen zwitscherten die Vögel, die Sonne schien in die kleine Küche und ihr Sohn, den sie zum Wickeln auf den Küchentisch gelegt hatte, strampelte vergnügt mit seinen nackten Beinchen. Sie war halbwegs ausgeschlafen. Seit das Kind auf der Welt war, hatte sie nicht mehr als drei Stunden am Stück geschlafen, und heute waren es dank Oskar fünf gewesen. Unglaublich, was das ausmachte – die Welt kam ihr heute um einiges schöner vor.

»So, Fritzi, jetzt machst noch ein kleines Schläfchen, dann kommt die Tante Fanni auf Besuch und wir gehen in den Park.«

Wie immer kam Fanni zu spät. Sie klingelte um zwanzig nach zehn, was bedeutete, dass Marie seit fünfundzwanzig Minuten ausgehfertig bereitstand. Um zehn hatte sie die Schuhe angezogen, war in eine leichte Weste geschlüpft und hatte den Hut aufgesetzt. Und zehn nach zehn hatte Fritzi zu jammern begonnen, und sie hatte Jacke und Bluse wieder aufgeknöpft, um ihm die Brust zu geben. Um Viertel nach zehn war er wieder eingeschlafen, sie hatte ihn in sein Bettchen gelegt, zum dritten Mal über die blitzblanke Abwasch und den Tisch gewischt, und als es schließlich durchdringend klingelte, fuhr sie zusammen. Am Anfang hatte sie sich immer ein wenig über Fanni geärgert, sie konnte dieses Zuspätkommen nicht verstehen, Marie war überall immer mindestens fünf Minuten zu früh. Inzwischen hatte sie sich daran gewöhnt, so wie überhaupt an vieles, was ihr bei ihrer Freundin zunächst sehr seltsam vorgekommen war. Ihre Freundin. Manchmal sprach sie das laut aus: »Meine Freundin Fanni.« Marie hatte noch nie eine richtige Freundin gehabt. Eine Handvoll Menschen, die sie sehr gern hatte und denen sie sich nahe fühlte, das schon, aber keine richtige Freundin. Und dann noch dazu so eine: eine, die ganz anders war als sie. Eigentlich passten sie gar nicht zusammen, so grundverschieden, wie sie waren. Fanni, hineingeboren in eine wohlhabende Buchhändler- und Verlegerdynastie, und Marie, die am Land aufgewachsen war und nur wenige Jahre eine Schule besucht hatte. Marie bewunderte Fanni grenzenlos, und immer wieder bekam sie Angst, dass sie der Freundschaft nicht würdig sei, dass Fanni irgendwann dahinterkommen würde, wie dumm und ungebildet Marie war. Dass die weltgewandte Fanni merken würde, dass sie nicht zusammenpassten, und sich abwenden würde. Und doch wusste Marie, dass sie mit der jungen Frau etwas Einzigartiges verband, und das machte sehr viel des Ungleichgewichtes wieder wett. Oft dachte Marie an die vielen Stunden, die sie Fanni im Cottage-Sanatorium besucht hatte, wie vorsichtig sie ihre Gespräche geführt hatten, und sie wusste noch genau, wie glücklich sie damals gewesen war, als sie Fanni zum ersten Mal zum Lachen gebracht hatte. Und ohne zu wissen, was eigentlich wirklich geholfen hatte, hatte Fanni langsam, Schritt für Schritt, wieder zurück ins Leben gefunden, zwar nicht in ihr Bohèmeleben von früher, aber zumindest traute sie sich wieder ein wenig unter die Leute.

»Bist noch nicht fertig? Was schaust denn so?« Fanni riss Marie aus ihren Gedanken und brachte sie zum Lachen. Das war mal wieder typisch: Sie war viel zu spät dran und kam gar nicht auf die Idee, sich zu entschuldigen. Im Gegenteil, sie lachte über Marie, weil die nach all der Warterei noch mal auf die Toilette musste.

»Pass gut auf Fritzi auf. Ich muss noch mal.« Marie nahm ein wenig geschnittenes Zeitungspapier von der Fensterbank und ging den Halbstock hinunter auf die Gangtoilette, die sie sich mit zwei Nachbarn teilen mussten. Sie liebte die eigene Wohnung, empfand es als ein großes Privileg, dass sie ein Zimmer und eine Küche für sich und ihre kleine Familie zur Verfügung hatte, einzig die Toilette im Schnitzler-Haushalt vermisste sie. Da war es zwar auch im Winter kalt, doch dank des Dienstmädchens war sie immer sauber, Marie teilte sie lediglich mit der Köchin und Sophie, dem Mädchen. Hier benutzten drei Parteien das Klo auf dem Gang, und die Kornmüllers waren eine fünfköpfige Familie, besonders die drei Buben hinterließen das Klo nicht immer so, wie es sein sollte. Das störte Marie aber nicht so sehr wie die alte Frau Blaha, die ihr jedes Mal, wenn sie sich im Stiegenhaus über den Weg liefen, einen bösen Blick zuwarf. Manchmal hatte sie das Gefühl, Frau Blaha ließ sich extra Zeit, wenn sie bemerkte, dass Marie auf die Toilette wollte, und einmal meinte sie zu hören, wie die alte Frau »Judenbalg« murmelte, als sie mit Friedrich auf dem Arm an ihr vorbeiging, aber vielleicht hatte sie sich das auch nur eingebildet.

»Gehen wir in den Park?« Das Kind war wohl wieder aufgewacht, Fanni stand in der Küche und hielt Friedrich wie einen Laib Brot im Arm. Sie war immer ein wenig unbeholfen, wenn sie den Säugling hochnahm, sie war definitiv nicht an kleine Kinder gewöhnt. Obwohl sie Friedrich abgöttisch liebte, war es ihr lieber, er lag im Wagen oder im Bettchen und nicht in ihrem Arm.

Marie nahm ihr das Bündel ab. »Ja, aber vorher muss ich noch schnell zu Oskar in den Laden. Er hat was vergessen. Nimmst du das? Und der Kinderwagen steht auch drüben.« Sie drückte Fanni einen Stapel Rechnungen in die Hand, und dann stiegen sie die zwei Stockwerke hinunter durch das dunkle, kühle Stiegenhaus. Als Friedrich geboren wurde, hatten Oskar und Marie eine halbe Babyausstattung von Anna geschenkt bekommen. Die Köchin aus dem Schnitzler-Haushalt hatte einiges selbst gestrickt und genäht, und eines Tages kam sie mit einem gut erhaltenen Kinderwagen in die Buchhandlung. Er war bis obenhin gefüllt mit Babykleidung, Windeln, sogar ein wenig Spielzeug war dabei. »Die Tochter meiner Cousine hat mir das alles gegeben. Sie ist schon fast vierzig und kriegt sicher kein Kind mehr. Wenn doch, musst du es halt zurückgeben.«

Da sie den Kinderwagen im engen Stiegenhaus nirgendwo abstellen durfte, parkte sie ihn im Hinterzimmer der Buchhandlung und ging über die Straße, wenn sie ihn brauchte. Außerdem freute sie sich immer über einen Vorwand, Oskar im Laden zu besuchen.

Sie beobachtete so gerne, wie er den Kunden aufmerksam zuhörte, wenn sie ihre Wünsche vortrugen, dann ein wenig nachdachte und ernsthaft überlegte, welches Buch das richtige sein könnte. Manchmal versuchte sich Marie vorzustellen, sie würde auch hier stehen und einfach so mit Menschen über Bücher reden. Ein kühner Traum. Wie viele Jahre würde es dauern, bis sie auch nur auf einen Bruchteil von dem, was Oskar gelesen hatte, zurückgreifen konnte? Außerdem traute sie sich ohnehin nicht, mit diesen ganzen feinen Herrschaften zu sprechen. Sie würden immer merken, dass sie ein einfaches Bauernmädchen war, selbst ihre Anstellung als Kindermädchen im Hause Schnitzler kam ihr manchmal wie eine unerlaubte Hochstapelei vor. Und doch war sie so gerne in der Buchhandlung. Sie liebte es, die Neuerscheinungen wegzuräumen, die Bücher in den Regalen zu ordnen, abzustauben. Auch hinten im Büro fand sie immer etwas zu tun – Rechnungen abheften, schwierige Kundenwünsche aus den Katalogen raussuchen. Aber im Laden stehen und über Bücher sprechen, das würde sie nie lernen.

Oskar packte gerade ein Buch ein und blickte kurz auf, als Marie und Fanni den Laden betraten. Er verabschiedete die Kundin höflich und lachte die beiden an. »Na, ihr Hübschen! Was habt ihr denn vor?«

»Wir wollen in den Türkenschanzpark. Es ist so schönes Wetter.«

»Ach, wie gerne würde ich mitkommen.«

»Das wird wohl leider nichts. Aber irgendwann mach ich wieder einmal für dich die Aushilfe, dann kannst du auch mal mit deiner schönen Frau spazieren gehen.« Fanni blickte sich nachdenklich um und stellte sich hinter den Ladentisch, ganz an den Rand, fast so, als wollte sie es unverbindlich ausprobieren.

»Na, da wäre dein Vater nicht erfreut, wenn du bei mir arbeiten würdest.«

»Das wird schon alles wieder. Ich brauche Zeit«, sagte Fanni ganz leise, und Oskar warf Marie einen besorgten Blick zu. Die fing ihn auf, fasste Fanni sanft am Ellbogen und zog sie Richtung Tür. »Kommst du jetzt endlich? Ich brauch Luft«, sagte sie betont munter.

Auch wenn Fanni die meiste Zeit völlig normal wirkte, gab es immer wieder Augenblicke, in denen sie in einer tiefschwarzen Traurigkeit versank. Ihr Blick richtete sich plötzlich nach innen, ihre ganze Körperhaltung veränderte sich, und dann konnte man sie kaum mehr erreichen. Diese Momente waren in den letzten Monaten deutlich seltener geworden, aber ihr gesamtes Umfeld war immerzu auf der Hut, um Fanni gegebenenfalls auf andere Gedanken zu bringen.

»Du könntest in der Mittagspause nachkommen. Wir warten auf dich.«

»Mal sehen, ich muss noch so viel Ware übernehmen. Das alles packt sich ja nicht von selbst aus.« Oskar deutete auf einen Stapel Pakete in einer Ecke. »Aber wenn wenig los ist, schaffe ich das vielleicht nebenbei, dann komm ich.«

»Gut. Sagen wir: um halb eins beim Wasserfall?«

»Ja, aber wartet nicht zu lange. Ich weiß noch nicht, ob es sich ausgeht.«

Marie legte Fritzi in den großen Kinderwagen, und dann machten sie sich auf den Weg durchs Cottage in Richtung Türkenschanzpark. Ein paar Leute auf der Währinger Straße grüßten sie freundlich, sie grüßte schüchtern zurück, sie war immer noch nicht daran gewöhnt, Buchhändlergattin zu sein und kein unsichtbares Kindermädchen. Manchmal musste sie sich selbst daran erinnern: Der süße Bub, der da im schicken Wagen lag, war ihr eigenes und nicht das von irgendwelchen Herrschaften anvertraute Kind.

Als Fanni in die Sternwartestraße einbiegen wollte, fasste Marie sie am Arm: »Lass uns die nächste Gasse nehmen.«

Marie mied die Straße ihrer ehemaligen Arbeitgeber. Sie wusste nicht genau, warum, schließlich hatte sie sich nichts zuschulden kommen lassen.

»Magst immer noch nicht bei den Schnitzlers vorbeigehen?« Fanni hatte eine Hand am Griff des Kinderwagens und half mit, das schwere Gefährt die Straße hinaufzuschieben.

»Nein, irgendwie hab ich ein schlechtes Gewissen, weil ich sie verlassen habe.«

»Du hast nichts falsch gemacht. Gar nichts. Es war eine Arbeit, du hast sie gut gemacht, und jetzt macht sie jemand anderer. Du hast alles richtig gemacht.«

»Es war mehr wie eine Arbeit«, sagte Marie, und Fanni lachte: »Als. Es heißt ›mehr *als* eine Arbeit‹, du bist jetzt die Frau eines Buchhändlers, da musst du ordentlich sprechen.«

»Ich versuch's.«

Im Park setzten sie sich auf eine Bank am Teich und sahen den Enten zu. Eine Entenmutter mit fünf Küken schwamm auf der anderen Seite des kleinen Sees und fraß eifrig die Brotkrumen, die eine Frau mit einem kleinen Mädchen ins Wasser warf. Marie wurde nervös und sagte erschrocken: »Das ist die Lili.«

»Wo?«

»Da drüben! Schau doch, das ist die Lili Schnitzler. Und das muss ihr neues Kindermädchen sein. Komm, lass uns gehen.« Marie war schon aufgesprungen, doch es war zu spät. Die beiden hatten ihre Brotreste verfüttert und steuerten direkt auf Fanni und Marie zu. Und da hatte Lili sie auch schon gesehen, riss sich von der Hand ihres Fräuleins los und rannte mit wehendem Kleidchen auf Marie zu. Die lauten Rufe der beleibten Frau ignorierte sie, ihre Wangen glänzten rot, und wie immer hatten sich viele Haare aus den Zöpfen gelöst.

»Marie, Marie! Du bist wieder da!« Sie stürzte in Maries Arme und verbarg ihr Gesicht in Maries Rockschößen.

»Mein Herz! Wie geht es dir?«

»Ich hab die Enten gefüttert. Mit der Frieda. Und hast du gesehen? Die Entenmama hat kleine Kinder.«

»Ja, ich hab es gesehen! Lass dich anschauen, mein Liebling! Groß bist du geworden!«

»Kommst du jetzt wieder zu uns?«

Marie stand auf, sah direkt in das runde Gesicht der Frau, die inzwischen bei der kleinen Gruppe angekommen war, und streckte ihr beherzt die Hand entgegen. »Guten Tag. Marie. Marie Nowak. Sie sind das neue Kindermädchen?«

»Ja, das freut mich. Ich bin die Frieda. Die Kinder haben schon so viel von Ihnen erzählt.«

»Ja, ich vermisse sie auch sehr.«

»Kommst du wieder zu uns? Du kannst ja zusammen mit der Frieda auf uns aufpassen, oder?« Lili zupfte aufgeregt an Maries Rock.

»Nein, mein Schatz, ich wohn doch jetzt beim Oskar und hab ein eigenes Kind. Schau mal, das ist der kleine Friedrich.« Sie hob Lili hoch und ließ sie in den Kinderwagen schauen.

»Ist das eine Puppe?« Lili starrte ungläubig auf das schlafende Baby.

»Nein, das ist ein Baby.«

»Aber warum bewegt es sich nicht?«

»Weil es schläft. Du warst auch einmal so klein. Da hast du auch ganz viel geschlafen.«

»Ich war nie so klein. Ich bin schon immer groß.«

»Ja, sicher!« Frieda lachte und nahm Marie das Kind ab. »Komm, mein großes Fräulein, wir gehen jetzt nach Hause. Das Mittagessen ist bald fertig.«

»Kommt die Marie mit?«

»Nein, das geht leider nicht.« Marie strich Lili die Haare aus dem Gesicht.

»Aber Sie kommen uns sicher einmal besuchen, oder?« Frieda lächelte sie freundlich an. »Heini will Sie ja auch mal sehen und die Anna bestimmt auch.«

»Ja, sehr gerne. Ich komme gerne vorbei.«

Immer wieder drehte sich Lili um und winkte Marie zu, bis sie schließlich um die Ecke verschwunden waren.

»Sie wirkt sehr nett, diese Frieda«, sagte Marie erleichtert zu Fanni.

»Ja, und Lili scheint sie auch zu mögen. Diesmal haben sich die Schnitzlers wohl ein älteres Fräulein gesucht. Eines, das nicht so schnell sein Herz verliert.«

»Jaja, sag's mir nur. Ich hab eh so ein schlechtes Gewissen.«

»Brauchst du nicht. Es ist doch alles gut. Und wie gesagt: Du bist den Herrschaften zu nichts verpflichtet. Es ist dein Leben.«

Dieser Satz »Es ist dein Leben« klang noch lange in Marie nach. »Dein Leben« hörte sich so groß und bedeutend an, und noch vor zwei Jahren hätte sie nicht im Traum daran gedacht, dass es möglich war, ihr Leben in irgendeiner Art zu gestalten. Frauen wie Fanni oder Olga Schnitzler und irgendwann auch Lili konnten über ihr Leben nachdenken, sich überlegen, was sie damit anfangen würden. Sie konnten Schauspielerinnen werden oder Sängerinnen, ja es gab sogar Frauen, die schrieben Bücher oder Theaterstücke. Die wohnten in großen Häusern, mit Ehemännern, die sie liebten und bewunderten, und ihre Kinder sahen sie immer nur frisch gewaschen und zufrieden für wenige Stunden am Tag. Aber sie? Obwohl sie verheiratet war, einen guten Mann und ein gesundes Kind hatte und eine beste Freundin, die ihr sagte, dass sie frei sei, so zu leben, wie sie wolle, kam sie sich manchmal größenwahnsinnig vor, und immer wieder dachte sie darüber nach, wie es wäre, wenn sie das alles plötzlich wieder verlieren würde. Gerade so, als könnte jeden Augenblick jemand kommen, um ihr zu sagen, dass sie da wegmüsse, weg aus der gemütlichen Wohnung, weg von ihrem Mann und dem Kind, zurück in das schreckliche Zimmer im zweiten Bezirk, das sie sich mit mehreren Personen hatte teilen müssen, oder sogar zurück auf den Hof, von dem sie mit fünfzehn geflohen war.

»Es ist schon fast halb eins. Lass uns zum Wasserfall gehen, falls Oskar doch kommt.« Fanni riss sie aus den Gedanken, und auch der Kleine war aufgewacht und forderte lautstark eine Mahlzeit ein.

Zehn Minuten später saßen sie auf einer verborgenen Bank im Schatten einer großen Weide, deren Zweige so tief herabhingen, dass man wie in einer Laube saß. Hier traute sie sich, abgewandt und mit einem großen Tuch bedeckt, Friedrich die Brust zu geben. Plötzlich öffnete sich der Vorhang der Zweige und Oskars Kopf erschien. Er wusste von dem Versteck unter dem Baum, immerhin hatten sie sich hier zum ersten Mal geküsst.

»Hallo, meine Damen! Da habt ihr euch versteckt! Ich hab euch ein Mittagessen gebracht!«

Oskar holte einen halben Laib Brot, ein Stück Käse und eine Wurst aus dem mitgebrachten Korb und stellte alles zwischen Marie und Fanni auf die Bank. Sogar eine kleine Tischdecke hatte er mitgebracht, ein Messer und eine Flasche mit Wasser. Fanni sprang auf und arrangierte das kleine Picknick. »Weißt du eigentlich, was für ein Glück du hast mit diesem Mann?«, lachte sie Marie an. »Da könnt man es sich ja direkt noch mal überlegen, wenn es irgendwo noch einen zweiten wie den Oskar geben würde.«

Marie schluckte kurz und wusste nicht genau, wie sie darauf reagieren sollte. Sie dachte an ihre Eifersucht, als Oskar Fanni vor ungefähr zwei Jahren kennengelernt hatte. Fanni, die schöne Buchhändlertochter, die Femme fatale, wie gut hätten die beiden zusammengepasst. Und wie verwirrt Marie gewesen war, als Oskar versucht hatte, ihr zu erklären, dass Fanni in ein Mädchen verliebt sei und deswegen all die Versuche ihrer Eltern, sie mit einem vielversprechenden Buchhändler zu verkuppeln, fehlschlagen würden. Bis zu jenem Zeitpunkt hatte sie noch nie davon gehört gehabt, dass Frauen auch Frauen lieben können. Also schon gernhaben, sie liebte Fanni auch irgendwie, aber zur Liebe gehörte doch auch noch was anderes dazu. Und das bedeutete ja, dass sich vielleicht auch zwei Männer lieben könnten? Das konnte und wollte sie sich noch weniger vorstellen. Sie nahm sich fest vor, irgendwann mal Oskar danach zu fragen, in einem dieser innigen Augenblicke, wenn sie so beieinanderlagen und er sie festhielt und sie das Gefühl hatte, sie könnte ihm alles erzählen. Sie wischte den Gedanken schnell weg und konterte: »Du hättest ihn ja haben können! Am Silbertablett wurde er dir serviert, aber du wolltest ihn nicht.« Oskar blickte Marie stirnrunzelnd an, so schlagfertig und ironisch kannte er seine junge Frau gar nicht. Fanni lachte laut auf, und Marie war ein bisschen stolz auf sich. Manchmal gab es durchaus Momente, in denen sie das Gefühl hatte, sie könnte es schaffen, das

Mädchen vom Land hinter sich zu lassen und ein Leben in der Stadt als verheiratete Frau und Mutter zu führen. Doch manchmal, wenn der Fleischhauer zu ihr »Gnädige Frau« sagte, fühlte sie sich gar nicht angesprochen, und einmal hatte sie sich sogar umgeblickt, ob da noch eine andere Frau hinter ihr stand, die er gemeint haben könnte. Nun saß sie hier mit ihrer Freundin und ihrem Ehemann, machte Späße, die sie vor zwei Jahren nicht mal verstanden hätte, und alles war gut, ja fast normal.

Sie aßen Brot, Käse und Wurst, der kleine Friedrich lag auf einer Decke am Boden und strampelte vergnügt mit den Beinchen, Marie hatte den Kopf in Oskars Schoß gelegt und den langen Rock ein wenig nach oben gekrempelt, sodass die warme Luft um ihre Beine strich. Weil sie seit Fritzis Geburt nahezu immer müde war, döste sie rasch ein und hörte im Halbschlaf, wie sich Oskar und Fanni über Bücher und ein neues Theaterstück unterhielten. »Also ich fand es auch recht plakativ. Aber trotzdem, dass es die Presse so verrissen hat, das find ich nicht gerecht. Aber eigentlich haben sie eh nur den Schildkraut vernichtet, dass er immer bloß den Juden spielen kann und sonst gar nichts.«

»Ach, ich war schon ewig nicht mehr im Theater, das geht sich alles nicht mehr aus.«

»Jaja, das Los des Unternehmers. Aber ich bin jetzt eh mehr der Musik verfallen. Musik ist irgendwie ehrlicher, unmittelbarer, nicht so beifallsheischend.«

»Na ja, das kommt darauf an. Mozart ist nicht etwa beifallsheischend?«

»Es gibt ja noch was anderes als Mozart, oder?«

»Ja, eh. Du hast recht.«

»Ich hab mir im Februar im Konzerthaus Mahler angehört. Du, da fühlst du dich klein und unbedeutend, wenn du das hörst.«

Marie wachte auf, als sie ihren Namen hörte. Sie schreckte hoch, und Oskar legte ihr beruhigend eine Hand auf die Schulter. »Na, meine Liebe? Hast du heute Schlafkur?«

»Ja, es tut mir leid, ich weiß auch nicht, warum ich so müde bin.«

»Wir haben gerade beschlossen, dass du demnächst mit der Fanni in ein Konzert gehen wirst.«

»So? Das habt ihr beschlossen, während ich hier vor Erschöpfung zusammenbreche?« Marie stand langsam auf und streckte ihre eingeschlafenen Beine durch. »Ich kann in kein Konzert. Ich hab doch diesen kleinen Wurm, der jede Stunde nach Essen brüllt.«

»Ach, das kann Oskar auch einmal übernehmen.« Fanni grinste und schielte auf Oskars schmale Brust, was Marie wiederum rot werden ließ.

»Ihr seid so albern! Und ich muss jetzt los! Bis später, meine Lieben!« Er umarmte Fanni kurz und küsste Marie mitten auf den Mund. »Du bleibst doch noch zum Abendessen, Fanni?«

»Ich weiß nicht. Ich will nicht immer eure Zweisamkeit stören.«

»Es ist eh eine Dreisamkeit. Und Fritzi ist immer braver, wenn du da bist.«

»Weil ich so einen beruhigenden Einfluss auf ihn habe?«

»Nein, aber auf mich.« Marie hatte es ganz leise gesagt, sie hatte immer Schwierigkeiten, solche Sätze auszusprechen. Über Gefühle zu reden hatte sie in ihrem Elternhaus definitiv nicht gelernt. Oskar und Fanni gegenüber konnte sie es inzwischen manchmal, und die Liebe, die sie zu dem Kind empfand, würde sie sowieso niemals in Worte fassen können.

»Na gut, dann kochen wir aber zusammen. Und der Einkauf geht auf mich.« Fanni musste man nie lange zum Bleiben überreden. Man hatte das Gefühl, seit ihrem schrecklichen Unfall war ihr jede Gelegenheit, nicht in ihrem Elternhaus zu sein, mehr als willkommen. Viele ihrer Freunde von früher sah sie nur noch selten. Wenn Oskar oder Marie sie darauf ansprachen, antwortete Fanni nur vage, wich aus und flüchtete sich in Allgemeinplätze wie »Die interessieren mich alle nicht mehr« oder »Ich ertrage ihre Oberflächlichkeit nicht«.

Der Abend war gemütlich und lustig. Die zwei Frauen waren lange im Park gewesen und hatten dann keine große Lust gehabt, einzukaufen und zu kochen, also beschlossen sie, Eiernockerl zu machen. Sie saßen lange um den kleinen Küchentisch, Friedrich war irgendwann an Maries Brust eingeschlafen. Oskar und Fanni tranken Wein, den hatte Oskar einmal von einem zufriedenen Kunden geschenkt bekommen, und sogar Marie kostete einen kleinen Schluck. Seit sie bemerkt hatte, dass man nicht zwangsläufig gewalttätig wurde, wenn man Alkohol trank, versuchte sie es auch hin und wieder.

Es war spät, als Fanni sich ein Autotaxi nach Hause nahm. Marie war müde und Oskar ein wenig betrunken, sie legte sich ganz nah zu ihm ins Bett und schloss die Augen. Ach, ist das Leben schön, dachte Marie, und als sie beinahe eingeschlafen war, stützte sich Oskar auf den Ellbogen, fuhr mit einem Finger nachdenklich über ihre Stirn und sagte in die Dämmerung: »Dass du und die Fanni so gute Freundinnen geworden seid, ist wirklich schön. Du hast sie schon sehr gern, oder?«

»Hm. Ja, natürlich hab ich sie gern. Wieso kommst du da jetzt drauf?«

»Nur so. Ich hab mir heute wieder mal gedacht, dass sie eine einzigartige Frau ist.«

»Aha. Einzigartig? Und was ist mit mir?« Jetzt war Marie wieder wach.

»Du bist sowieso die Beste von allen. Sie ist … anders. Glaubst du, sie wird irgendwann mal wieder eine Liebe finden?«

»Ich weiß es nicht. Es ist schwierig, oder?«

»Was ist schwierig?«

»Na ja, als Frau. Wenn man Frauen liebt. Ich mein, wie wissen die anderen Frauen denn überhaupt, dass man Frauen und keine Männer liebt?«

»Das darfst du mich nicht fragen.«

»Sie hat einmal zu mir gesagt, sie wird nie wieder jemanden lieben können.«

»Hat sie mit dir darüber gesprochen?«

»Über was?«

»Na, über ihre … äh … Freundin?«

»Ja, ein Mal. Da war sie noch im Sanatorium. Da hat sie ein bisschen von ihr erzählt.«

»Und was?«

»Na ja, wie sie so war. Und wie sehr sie sie vermisst.«

»Und wie war sie so? Jetzt lass dir doch nicht alles aus der Nase ziehen.«

»Mein Gott. Bist du neugierig. Also – sie hieß Dorothea und war Schauspielerin. Sie haben sich in irgendeinem Salon kennengelernt.«

»Und die Fanni ist sicher, dass diese Dorothea nicht überlebt hat?«

»Natürlich. Sie hat nach ihr gesucht. Sie war als eine der Ersten auf den Listen mit den Todesopfern. Das hat sie mir aber erst vor Kurzem erzählt.«

»Wie furchtbar.«

»Ja. Unvorstellbar. Sie ist vielleicht irgendwo ganz in ihrer Nähe ertrunken.« Marie stellte sich immer wieder vor, wie die Wellen über den Menschen zusammenschlugen und die Körper vom kalten Wasser nach unten gezogen wurden. Sie legte ihren Kopf auf Oskars Schulter und zog sich die Decke trotz der sommerlichen Wärme bis unters Kinn.

»Denk nicht mehr daran, mein Herz.«

»Nein, eh nicht. Jetzt schlafen wir.« Marie wollte ihren Arm um Oskar legen, aber er schob sie sachte weg und kletterte aus dem Bett.

»Wo willst du hin? Wir müssen schlafen.«

»Ich komm gleich. Ich muss noch schnell nach Friedrich sehen. Ob alles in Ordnung ist mit ihm.«

»AM MONTAG IST Feiertag, was hältst du von einem Ausflug?«

»Meinst du? Wo sollen wir denn hin?«

»Ich weiß auch nicht. Worauf hast du denn Lust?«

»Ach, wie gern würd ich wieder in die Berge, es war so schön in Mariazell!«

»Das ist zu weit weg für ein Wochenende, das hat keinen Sinn. Aber es gibt ja auch nähere Berge!«

»Ja. Weit fahren geht eh nicht mit dem Kleinen.«

»Wahrscheinlich hast du recht. Ein Automobil bräuchte man, dann könnten wir jeden Sonntag einen Ausflug machen.«

»Träum weiter. Da musst du noch viele Bücher verkaufen. Außerdem find ich Automobile unheimlich. Wie ich da in Pola vom Bahnhof zur Schiffsanlegestelle drin gesessen bin, hab ich mich gefürchtet. Ich glaub, das wird sich nicht durchsetzen. Viel zu gefährlich.«

»Ich würde gern mal eines lenken. Also – was machen wir?«

»Eine kleine Wanderung? Aber nicht zu steil, der Kinderwagen ist schwer.«

»Gut, wir gehen zum Heurigen nach Nussdorf. Oder ich weiß was Besseres: Wir fahren auf den Kahlenberg!«

»Mit der Zahnradbahn?« Von dieser Bahn, die von Nussdorf auf den Kahlenberg fuhr, hatte ihr Anna mal erzählt, die hatte den Ausflug vor vielen Jahren mit ihrer Schwägerin unternommen und seitdem regelmäßig davon geschwärmt.

»Ja, das dauert nicht lang, und das geht auch mit dem Kinderwagen.«

»Ist das nicht viel zu teuer?«

»Nein, das leisten wir uns jetzt einfach. Und oben lade ich meine Frau auf einen Kaffee und ein Stück Sachertorte ein.«

Um das Geld für die Straßenbahn zu sparen, gingen sie zu Fuß nach Nussdorf, und Oskar kaufte die Billetts für die Zahnradbahn. Für den Kinderwagen musste man extra bezahlen, und kurz überlegten sie deshalb, ob sie ihn im Stationsgebäude abstellen sollten. Doch Marie hatte Angst, dass er gestohlen werden könnte. Ein Bursche half Oskar, das schwere Gefährt im hinteren Teil des Wagens zu verstauen, Marie nahm mit Friedrich auf dem Schoß im offenen Waggon Platz. Es war ein heißer Sommertag und sie schwitzte, doch als die Geschwindigkeit des Zuges zunahm, fuhr der Fahrtwind angenehm durch ihre Kleider. Fritzi weinte zunächst – der laute Pfiff, den die Lokomotive vor der Abfahrt ausstieß, hatte ihn erschreckt –, beruhigte sich aber durch die gleichmäßige Bewegung der Bahn rasch.

Marie blickte aus dem Fenster und genoss es. Sie fuhren stetig bergauf, durch Nussdorf, Grinzing und das Krapfenwaldl, wo sie jeweils kurz haltmachten und immer mehr Leute zustiegen. Dicht an dicht saßen sie, und als Marie sich so umsah, musste sie einmal kurz die Augen schließen und tief durchatmen: Hier war sie also, inmitten dieser eleganten Herrschaften, die, so wie sie, am Sonntag einen Ausflug machten, und tat nichts, als hinauszuschauen auf die sanften Hügel der Weinberge und den Wald dahinter. Ab und zu konnte sie auch schon einen Blick auf das Hotel Kahlenberg erhaschen. – Das war jetzt also ihr Leben. Sie saß hier mit Mann und Kind und fuhr mit einem Zug auf einen Berg, um auf der Terrasse eines schicken Hotels Sachertorte zu essen. Unglaublich.

»Geht's dir gut, meine Liebe?«

»Es könnte mir nicht besser gehen.«

Neben ihr saß eine junge Dame im schicken Sommerkleid

und mit einem großen Hut, die Marie freundlich zulächelte. »So einen süßen Buben haben Sie! Wie heißt er denn?«

»Friedrich heißt er. Das ist unser Sohn Friedrich.«

»So ein liebes Kind!«

»Danke.«

»Fahren Sie auch auf den Kahlenberg? Es ist so schönes Wetter heute.«

»Ja, das stimmt. Es ist einfach wundervoll.«

»Na gut, ich wünsch Ihnen einen schönen Tag. Und um drei Uhr spielt die Militärkapelle, das dürfen Sie nicht verpassen.«

»Oh, ja, danke.«

Oben machten sie einen kleinen Rundgang, und nachdem Friedrich in seinem Wagen eingeschlafen war, steuerten sie auf die große Terrasse des Hotels zu. Als wäre heute ihr Glückstag, wurde gerade ein Tisch an der äußeren Ecke frei. Marie stellte den Kinderwagen in den Schatten, und sie orderten Kaffee und Kuchen.

»Um drei Uhr beginnt die Kapelle. Warst du schon mal in einem Konzert?«

»Nein! Wo denn? So etwas gab's bei uns daheim nicht. Doch! Einmal, da waren wir im nächsten Ort, da hat eine Feuerwehrkapelle gespielt.«

»Das ist fast ein Konzert. Militär und Feuerwehr sind gar nicht so unähnlich. Aber wenn der Fritzi ein bisschen größer ist und dich nicht mehr ständig braucht, dann gehst du mit mir oder der Fanni einmal ins Konzerthaus. Das würde dir gefallen!«

»Ja, und ins Theater will ich auch mal wieder.«

»Das machen wir alles, meine Liebe. Wir haben alle Zeit der Welt, und ich muss dir noch so viel zeigen.« Oskar sah auf seine Armbanduhr und runzelte die Stirn: »Wo bleiben die denn? Es ist schon zehn nach drei. Nennt man das jetzt militärische Unpünktlichkeit?«

Plötzlich spürte man auf der Terrasse eine deutliche Unruhe. Die Bewegungen schienen sich zu verlangsamen, Gespräche verebbten, ja selbst die Kinder, die auf der Wiese vor dem Gastgarten gespielt hatten, wurden still und kamen näher. Da sah Marie, wie ein beleibter Herr in einem schwarzen Anzug auf die kleine Bühne trat, auf der schon die Instrumente der Musikkapelle aufgebaut waren. Er schien stark zu schwitzen und wischte sich mit einem großen, weißen Taschentuch mehrmals die Stirn ab, bevor er mit einem Klöppel energisch gegen die Trommel schlug. Das wäre gar nicht nötig gewesen, es waren ohnehin alle Augen auf ihn gerichtet.

»Sehr geehrte Damen und Herren. Ich bin der Hoteldirektor, und ich muss Ihnen leider eine traurige Mitteilung machen. Wie wir soeben aus höchsten Kreisen vernommen haben, ist ein großes Unglück geschehen.« Er zog ein Blatt Papier aus der Anzugtasche, faltete es umständlich auf, wischte sich noch einmal über die Stirn und sah in die Runde. Alle hielten den Atem an, da begann er endlich vorzulesen: »Eine Nachricht ist aus Sarajewo eingetroffen, welche die ganze Monarchie auf das Tiefste erschüttern wird. Das Kaiserhaus hat eine schreckliche Tragödie zu verzeichnen. Der Thronfolger Erzherzog Franz Ferdinand und seine Gemahlin Frau Herzogin von Hohenberg sind heute in Sarajewo Opfer eines Attentates geworden.«

Leseprobe

1931

IN EINER HALBEN STUNDE würde das Museum schließen, doch es sah nicht so aus als könnte irgendjemand den kleinen Paul dazu bewegen, den Heimweg anzutreten.

»Nur noch einmal zum Kaiman, Mama! Bitte. Und die Lanzenotter muss ich mir auch noch mal anschauen«, bettelte er und war schon wieder weg.

»Aber Lotti ist schon so müde, schau mal. Sie kann fast nicht mehr gehen.«

Charlotte hatte sich auf die Stufen gesetzt und rieb sich die Augen. Sie sah aus, als würde sie gleich einschlafen, doch das schien ihren älteren Bruder kaum zu beeindrucken, er war inzwischen verschwunden, lediglich sein Haarschopf tauchte immer wieder einmal kurz zwischen den Schaukästen aus Glas auf.

Seit Wochen sprach Paul nur noch vom Regenwald. Im Februar hatte ihn Fanni in einen Lichtbildervortrag in die Urania mitgenommen, auf dem der Leiter der Costa-Rica-Forschungsexpedition Bilder und kurze Filme gezeigt hatte. Seitdem wollte Pauli nur noch eines: Urwaldforscher werden. Er versuchte, im Blumentopf am Küchenfenster Ameisen zu füttern, in der Hoffnung, dass sie zur Größe von Urwaldameisen anwachsen würden. Bei ihren Spaziergängen im Türkenschanzpark beobachtete er stundenlang die einheimischen Vögel – um schon mal zu üben, wie er behauptete; und seit er fünf war, war *Robinson Crusoe* seine persönliche Bibel. Einen Monat zuvor hatte Paul so lange gebettelt, bis ihm sein Vater einen großen

Tieratlas aus der Buchhandlung mitgebracht hatte. Nun las der Elfjährige jeden Abend darin, bis ihm die Augen zufielen.

Marie lehnte erschöpft an der großen Marmorwand neben ihrer kleinen Tochter. Sie fand Pauls Begeisterungsfähigkeit ja schön, aber ehrlich gesagt hatte sie nach drei Stunden mehr als genug von Kolibris, Spinnen, Echsen und unzähligen Orchideen, auch wenn sie noch so schön bunt und exotisch waren.

»Mama, ich hab Hunger«, quengelte Charlotte, »und die Füße tun mir weh. Trägst du mich heim?«

»Lotti! Ich kann dich nicht mehr tragen. Du bist doch schon viel zu schwer. Du kannst gut selber gehen.«

»Ja, aber ich will jetzt nach Hause. Ich bin müde. Was gibt es zu essen?«

»Wir haben noch Kartoffelgulasch von gestern, das wärmen wir auf.«

»Ich will aber kein Kartoffelgulasch. Außerdem haben wir gestern schon die ganzen Würstel rausgegessen.«

»Was anderes hab ich nicht. Und jetzt hör auf zu jammern, du bist kein Baby mehr. Du bist doch schon fast ein Schulkind.«

»Was ist denn hier los? Hat unsere kleine Urwaldforscherin einen Schwächeanfall?« Fanni zog das Mädchen an den Händen hoch und setzte sie sich auf die Hüfte.

»Schau mal, Mama, die Tante Fanni ist stark. Die kann mich tragen.«

»Ja, ich bin stark wie der Bär da oben.«

»Den mag ich nicht. Vor dem fürcht ich mich.«

Marie war das erste Mal mit Paul und Lotti im Naturhistorischen Museum, und sie war mindestens so beeindruckt wie die Kinder. Sie hatten ganz oben im ersten Ausstellungsraum begonnen und waren alle erschrocken, als sie dem ausgestopften Bären mit dem offenen Maul gegenüberstanden. Lotte versteckte sich hinter den Rockschößen ihrer Mutter und war nur mit Mühe wieder hervorzulocken. Doch durch die Aussicht auf die Elefanten in einem der hinteren Räume ließ sie sich dazu bewegen, rasch am Bären vorbeizulaufen. Wölfe, Schakale, Füchse, unzählige Tiere, deren Namen Marie noch nie zuvor gehört hatte, starrten ihnen aus den Glasvitrinen entgegen, und die Kinder waren fasziniert vom Zebra und der riesigen Giraffe. Und dann führte sie Pauls Begeisterung in die Sonderausstellung »Costa Rica Expedition«, in der sie gefühlte Stunden Hunderte Kolibris, riesige Spinnen und Geckos in allen Größen und Farben betrachteten.

Wie lange war das her, dass sie mit Oskar im Schönbrunner Tierpark gewesen war? Fast zwanzig Jahre, unglaublich, wie schnell die Zeit verging! Es kam ihr vor, als wäre es gestern gewesen, als sie mit den ihr anvertrauten Kindern der Familie Schnitzler vor dem Affengehege gestanden hatte und gar nicht glauben konnte, dass es solche Tiere gab! Damals hatte sie das erste Mal darüber nachgedacht, wie groß die Welt doch war. Und nun war sie hier mit ihren eigenen Kindern, und ihr elfjähriger Sohn träumte davon, auf einen anderen Kontinent zu reisen.

»Ich hab jetzt aber Hunger.«

»Das haben wir bereits gehört. Ihr holt jetzt eure Mäntel, ich such den Paul, und dann lad ich euch zum Schnitzelessen ein.« Fanni stellte das Kind wieder auf den Boden.

»Aber das geht nicht! Und außerdem haben wir noch Kartoffelgulasch daheim.«

»Natürlich geht das. Und das schmeckt aufgewärmt nach zwei Tagen sowieso viel besser. Auf geht's.«

Die Aussicht auf ein Kalbsschnitzel lockte sogar Paul endlich weg von den Schaukästen, und sie zogen sich die Mäntel an.

Auch bei Lotti waren die Lebensgeister wiedererwacht, und

sie sprang munter vor den beiden Frauen her, Paul ging zwischen Fanni und Marie und zählte mit vor Aufregung roten Wangen nahezu alle Tiere auf, die er sich gemerkt hatte. »Und Mama: Hast du die Fledermäuse gesehen? Die ganz großen? Und die Blattschneideameisen? Weißt du, dass auf jedem Blattstück, das eine Ameise trägt, auch noch eine kleine sitzt, die sie verteidigt?«

»Nein, das wusste ich nicht.«

»Ich werde Urwaldforscher! Ganz bestimmt. Und dann fahr ich nach Costa Rica und finde eine Tierart, die noch keiner kennt.«

»Ja, das machst du. Dafür musst du aber in der Schule recht fleißig sein.«

»Bin ich doch eh. Hab nur gute Noten dieses Jahr.«

Marie und Oskar waren recht stolz auf ihren klugen Gymnasiasten. Schon als kleines Kind hatte er lieber in Atlanten geblättert, als sich Geschichten vorlesen zu lassen, und die Bücher, die sein großer Bruder Friedrich verschlang, sortierte der kleine Paul nach Farben oder ordnete sie in Gruppen, um die Anzahl besser ausrechnen zu können. Und so hatten sie im letzten Jahr große Anstrengungen unternommen, um den Bub aufs Gymnasium zu schicken, obwohl die Zeiten nicht gerade rosig waren. Zum Glück wollte der mittlerweile siebzehnjährige Friedrich nichts anderes, als in der Buchhandlung zu arbeiten, so sparten sie einen Angestellten und inzwischen war er Oskar eine große Hilfe.

Nur mit Mühe fand die kleine Gruppe im Meissl & Schadn noch einen Tisch, an dem sie alle Platz hatten. Lotti bestellte beim Oberkellner selbstbewusst ein »Wiener Schnitzel und einen Hollersaft, bitte schön«, als er die Speisekarten brachte.

»Sei nicht immer so vorlaut«, wies Marie sie zurecht. »Und setz dich ordentlich hin.«

Inzwischen war es Marie nicht mehr unangenehm, wenn

sie als Frau ohne Begleitung in ein Gasthaus oder Kaffeehaus ging. Früher hatte sie ständig das Gefühl, die Männer würden sie anblicken und überlegen, ob sie wohl anständig sei oder noch zu haben. Fanni hingegen besuchte immer schon Kaffeehäuser, Restaurants und Theater, als wäre es eine Selbstverständlichkeit, und hatte viel Energie aufgewendet, um Marie diese Schüchternheit auszutreiben. Irgendwann gewöhnte Marie sich daran, ja, sie genoss es und betrat die Räume erhobenen Hauptes und selbstbewusst. Und auch die Lokale hatten sich inzwischen an die neuen Zeiten gewöhnt und bewirteten auch Frauen, die allein unterwegs waren. Lediglich das Sacher war in dieser Beziehung immer noch recht altmodisch und vertrat die Ansicht, dass Frauen ohne männliche Begleitung den guten Sitten widersprachen.

Sie bestellten Schnitzel mit Kartoffelsalat, Fanni orderte ein Glas Wein und wollte Marie überreden, auch eines zu trinken.

»Nein danke. Für mich keinen Wein. Ich trinke lieber Wasser.«

»Aber warum? Ein Glas schadet doch nichts.«

Alkohol in der Öffentlichkeit, das ging für Marie dann doch zu weit. Essen zu gehen im Gasthaus, in einer Zeit, in der es überall knapp war, fand sie ohnehin schon fast unerhört.

»Ich kann aber nichts dazuzahlen zum Essen«, sagte Marie leise, nachdem sie rasch ihr Budget für den Rest des Monats überschlagen hatte.

»Das weiß ich doch. Ich lade euch ein.«

»Aber bei euch in der Buchhandlung ist doch auch nicht viel los. Ihr müsst auch sparen, oder?«

»Noch nagen wir nicht am Hungertuch. Und der Verlag geht immer noch erstaunlich gut. Wir haben gerade den Auftrag für ein Schulbuch bekommen. Außerdem muss man die Feste feiern, wie sie fallen. Wer weiß, wie lange das noch geht.«

Marie schüttelte den Kopf: »Manchmal versteh ich dich nicht.«

»Das macht nichts! Du liebst mich ja trotzdem«, grinste Fanni sie an und nahm einen Schluck aus dem Weinglas. »Mmh, sehr gut. Magst du mal kosten?«

Marie nippte kurz und stellte es rasch zurück. »Und was liest du gerade?«

»*Fabian*. Von Erich Kästner.«

»Erich Kästner kenne ich auch!« Lotti warf fast ihr Holundersaftglas um. »Der Papa liest uns jeden Abend *Pünktchen und Anton* vor. Ich liebe es!« Das kleine Mädchen zog das Wort »Liebe« theatralisch in die Länge und reckte dabei die Arme nach oben. Marie und Fanni lachten. »Ich glaube, du wirst mal Schauspielerin«, sagte Fanni und strich dem Mädchen über die dunklen Locken.

»Manchmal erinnert sie mich an die Lili.« Marie schaute ihre kleine Tochter versonnen an, doch eigentlich ging der Blick durch sie hindurch und sie sah in ihren Gedanken die kleine Lili Schnitzler, wie sie sich im elterlichen Salon in Pose warf und Gedichte aufsagte.

»Wer ist die Lili?« Nun hob sogar Paul den Kopf von seiner Costa-Rica-Broschüre.

»Das ist ein kleines Mädchen, auf das ich mal aufgepasst habe.«

»Hatte sie keine Mama?« Lotte runzelte die Stirn, sie schien scharf nachzudenken.

»Natürlich hatte sie eine Mama! Warum denn nicht?«

»Ja, aber warum hast du dann auf sie aufgepasst? Wo sie doch eh eine Mama hatte?«

»Weißt du, das war eine ganz feine Familie. Und Herr und Frau Schnitzler hatten immer recht viel zu tun. Die sind ins Theater gegangen und auf Reisen und hatten ständig Besuch. Da brauchten die jemanden, der auf die Kinder geschaut hat.«

»Kinder?« Pauls Neugier war geweckt.

»Ja, die Lili hatte auch einen Bruder. Den Heinrich, den

haben alle Heini genannt, und der war damals so alt, wie du jetzt bist.«

»Und wo sind die Kinder jetzt?«

»Der Heinrich ist schon groß. Ich glaube, er arbeitet fürs Theater.«

»Und die Lili?«

»Die Lili lebt leider nicht mehr.« Marie fiel es schwer, das auszusprechen, doch sie hatte sich geschworen, ihre Kinder niemals anzulügen.

»Aber warum nicht? Die war doch keine alte Frau?« Lotti sah sie bestürzt an.

»Nein, sie war fast noch ein Kind«, seufzte Marie und strich ihrer kleinen Tochter übers unordentliche Haar. »Manchmal ist das einfach so. Da müssen auch junge Menschen sterben. Aber zum Glück nicht so oft. Brauchst keine Angst haben, mein Herz.«

»Eh nicht.« Zum Glück wurden die riesigen Schnitzel serviert, und Lottis Aufmerksamkeit richtete sich auf ihren Teller. So frech und wagemutig sie war, der Gedanke, dass plötzlich jemand nicht mehr da sein konnte, verstörte sie zutiefst. Regelmäßig fragte sie beim Zubettgehen, ob die Mama eh nicht sterben werde oder der Papa oder einer ihrer Brüder. Und dann wollte sie Rosas Foto anschauen, und immer wieder fragte sie nach ihr, stellte sich vor, wie es wäre mit ihr zu spielen, ohne natürlich mit einzurechnen, dass die kleine Rosa auf dem Foto mittlerweile älter wäre als sie, würde sie noch am Leben sein.

Mai 1915

NACH FÜNF MONATEN an der Front kam Oskar mit einer Schussverletzung zurück nach Wien. Von seinem kurzen Leben als Soldat erzählte er kaum, doch Marie ahnte, dass er Dinge erlebt hatte, die er wohl nie wieder vergessen würde. Zwei Wochen lang war er in der Wiener Secession untergebracht, die gleich zu Kriegsbeginn in ein Reserve-Spital umgewandelt worden war. Als Marie ihn besuchte, erkannte sie Oskar nur mit Mühe unter all den blassen Männern in den Betten des großen Krankensaals. Sein Gesicht war grau und eingefallen, und obwohl er augenscheinlich versuchte, nicht allzu bedrückt zur wirken, bemerkte Marie, wie deprimiert und ausgezehrt er war.

»Wir wollten doch immer hierhergehen und die Ausstellung anschauen. Das haben wir nicht geschafft. Nun sind wir da, kannst dir das Beethovenfries anschauen.«

»Ich will aber dich anschauen, das Fries interessiert mich nicht«, sagte Marie und setzte sich an den Rand des Bettes. »Wie geht es dir?«

»Es geht schon. Ich glaube, sie entlassen mich bald. Die brauchen das Bett für schlimmere Fälle.«

Und tatsächlich, ein paar Tage später kam er nach Hause, doch seit seiner Rückkehr aus dem Hospital war er nicht mehr der Mann, in den sie sich verliebt hatte. Oft war er in sich gekehrt, dann wieder rastlos, saß tagelang schweigend in der Buchhandlung, in die sich ohnehin selten ein Kunde verirrte, und flüchtete sich in seine geliebten Bücher. An manchen Tagen verschwand er von einem Augenblick zum anderen ohne ein Wort, ließ Marie mit dem kleinen Fritzi allein im Geschäft und lief stundenlang durch den Wienerwald. Wenn er zurückkam, streifte er seine staubigen Schuhe ab und ging wortlos ins Bett. Es war eine Zeit, in der Marie schier verzweifelte. Verzweifelte über sein Leid und sein Unvermögen, sich ihr anzuvertrauen. Das war nicht das, was Marie sich unter Ehe und Partnerschaft vorstellte. Hatten sie sich nicht erst vor Kurzem geschworen, füreinander da zu sein, in guten wie in schlechten Tagen? So stolz war sie immer gewesen, dass Oskar und sie nicht nur Mann und Frau waren, sondern auch beste Freunde, die sich alles – oder fast alles – erzählen konnten. Und nicht so eine sprach- und lieblose Zweckgemeinschaft führten, wie sie es aus ihrem Elternhaus kannte.

Als sie beide wieder einmal erschöpft nebeneinander im Bett lagen – Oskar rückte immer so weit wie möglich an die Bettkante, platzte es aus ihr heraus. »So geht das nicht weiter. Du musst mit mir reden! Ich halt das nicht mehr aus. So können wir nicht weiterleben.«

Er schwieg und starrte in die Dunkelheit.

»Hast du mich verstanden? Ich weiß, es ist schwer für dich. Aber für mich auch. Wie stellst du dir das denn vor?«

»Ich weiß, Marie. Es ist schwer. Aber ich kann dir nicht erzählen, was ich da alles gesehen habe.«

»Du musst aber!«

»Das kann ich nicht.«

»Du musst aber reden. Erstens, weil es für dich gut ist. Aber auch, weil ich deine Frau bin und immer für dich da sein will. Wenn du mir aber nichts erzählst, dann kann ich das nicht.«

Und dann fing Oskar stockend an zu reden, ganz langsam, Satz für Satz, manchmal wurde seine Stimme so leise, dass Marie ihn kaum verstand. Er erzählte von kilometerlangen Gräben, die sie mit ihren Schaufeln ausheben mussten, nur um dann tagelang untätig darin zu liegen. Er versuchte, die Kälte zu beschreiben, die einem die Füße absterben ließ, und den Hunger, der einen von innen aufzufressen schien. Von den Ratten, die zwischen ihnen hin und her liefen und jeden Tag dreister wurden. Von den toten Kameraden, die sie aus den Gräben schleppten und notdürftig verscharrten.

»Und weißt du was? Als mich die Kugel getroffen hat und ich gemerkt hab, dass alles voll Blut ist, da war ich auf einmal richtig froh. Ich hab gedacht, jetzt kann ich sterben, und es ist endlich vorbei.«

Marie hielt die ganze Zeit seine Hand und sagte nichts. Doch nach diesem Satz konnte sie ihre Tränen nicht mehr zurückhalten, und endlich rückte Oskar näher an sie heran und beeilte sich zu sagen: »Aber dann hab ich an dich gedacht. An dich und den Kleinen, und da wusste ich, ich darf nicht sterben.« Erschöpft ließ er sich in die Polster sinken, und seine Stimme drang durch die Dunkelheit: »Und ich hab so schrecklich Angst, dass ich wieder zurück an die Front muss, wenn meine Schulter besser ist. Und die ist schon fast gut. Was mach ich nur, wenn sie mich wieder holen? Dann bring ich mich lieber um!«

»Versündige dich nicht! So etwas sagt man nicht. Wir müssen es verhindern.«

»Wie sollen wir das denn verhindern? Die ziehen doch jeden ein. Hast du nicht gehört, jetzt haben sie sogar den Jelinek aus dem dritten Stock geholt. Dabei ist der über fünfzig. Und ganz junge Buben, fast noch Schulkinder.«

»Du müsstest krank sein.« Marie stützte sich auf den Ellbogen und sah ihn nachdenklich an.

»Bin ich aber nicht. Mir geht's gut. Und der Schulter auch.« Wie um es zu demonstrieren, kreiste er mit dem Arm in der Luft und riss die kleine Nachttischlampe um, die scheppernd zu Boden fiel.

Friedrich, der gleich daneben im Kinderbettchen lag, weinte einmal kurz auf, drehte sich ächzend auf die andere Seite und schlief zum Glück wieder ein.

»Ich werde mir was einfallen lassen«, flüsterte Marie.

»Was denn? Willst du mir einen Finger abschneiden? Oder mich ein bisschen vergiften?«

»Ich werde mit Fanni reden, ihr Vater muss uns helfen.«

»Wie soll der denn helfen?« Oskars Stimme war ganz verzagt.

»Ich weiß es auch nicht. Aber der kennt doch so viele Leute, die Einfluss haben.«

»Ach du. Ich glaube nicht, dass sein Einfluss so groß ist. Aber ich geh nicht mehr an die Front.« Und plötzlich begann Oskar zu weinen, er schluchzte wie ein kleines Kind, und Marie konnte nichts tun, außer ihn fest im Arm zu halten. Irgendwann beruhigte er sich, und da nahm sie ihren ganzen Mut zusammen und küsste ihn vorsichtig. Es war der erste richtige Kuss seit Monaten, und zunächst antwortete er nur zögernd, doch dann klammerte er sich wie ein Ertrinkender an sie, schlüpfte unter ihre Decke, und sie liebten sich, wie sie es zuvor noch nie getan hatten. Nicht zaghaft und schüchtern, sondern heftig und mit all ihren Gefühlen, es war, als würde ihrer beider Verzweiflung ein Ventil suchen, über das sie sich entladen konnte. Irgendwann kamen sie zu sich, der kleine Friedrich war nun doch aufgewacht und wimmerte in seinem Bett. Nachdem Marie ihn beruhigt hatte, schliefen Oskar und Marie das erste Mal seit langer Zeit wieder eng aneinandergeschmiegt ein.

Es war zwar nicht alles gut in den nächsten Tagen, aber doch ein bisschen besser. Als sie am Morgen vom fröhlichen Plappern des Kindes geweckt wurden, stand Oskar auf und holte den kleinen Fritz in ihr Bett. Das hatte er seit seiner Rückkehr nicht mehr getan, überhaupt hatte er den Kontakt zu dem Kind auf ein Minimum reduziert. Marie hatte nie etwas gesagt, ihm keine Vorwürfe gemacht, ihn zu nichts gezwungen. Nur manchmal hatte sie ihm das Kind wie beiläufig auf den Schoß gesetzt, mit den Worten: »Kannst du ihn kurz halten?« Und dabei natürlich bemerkt, dass Oskar seinen Sohn wie ein Stück Holz steif im Arm hielt. Sie war so unglücklich bei diesem Anblick, dass sie es immer seltener versuchte. Wo war nur die Liebe hin, die ihr Mann diesem Kind am Anfang entgegengebracht hatte? Es war, als hätte er eine Mauer um sich hochgezogen, die niemand überwinden konnte, nicht einmal sein eigener Sohn.

Nun lagen sie um sechs Uhr früh im warmen Bett, zwischen ihnen ihr Kind, das fröhlich mit den Beinen strampelte, als sein Vater es am Bauch kitzelte. Marie spürte das erste Mal seit Langem wieder so etwas wie Zuversicht. An diesem Morgen schmeckte sogar der Haferbrei, den sie wie immer mit viel Wasser zubereitet hatte. Sie gingen gemeinsam in die Buchhandlung und bereiteten alles vor, obwohl auch an diesem Tag nicht viel Kundschaft kommen würde.

Ein paar Tage später wusste Marie es bereits. Ihre Brüste spannten, der Rücken tat weh, und als sie Fritzi fütterte, wurde ihr so übel, dass sie ihn rasch ins Bettchen setzte und auf die Toilette rannte. Sie war verzweifelt. Wie hatte das nur passieren können? Oskar und sie hatten sich monatelang kein einziges Mal berührt oder geküsst. Und dann das eine Mal aus purer Verzweiflung! Das war doch nicht möglich. Der kleine Friedrich war gerade ein Jahr geworden, ihr Mann schwermütig und das Land mitten in einem Krieg. Am Anfang hatte es geheißen, der Krieg würde in ein paar Monaten vorbei sein, doch nun war fast ein ganzes Jahr vergangen, und es sah nicht so aus, als wäre ein rasches Ende in Sicht. Was sollte sie da mit einem zweiten Kind anfangen? Wo es auch jederzeit sein konnte, dass Oskar wieder einrücken musste und dann womöglich nie mehr wiederkam. So viele Männer kehrten nicht wieder zurück, von vielen wusste man nicht mal genau, wo sie gestorben waren.

Als Friedrich aufgewacht war, zog sie ihn an, legte ihn in den Kinderwagen und ging rüber in die Buchhandlung auf der anderen Straßenseite.

»Du hast dich aber schick gemacht? Was hast du denn vor?« Marie strich über ihr gutes Kleid und nahm den Hut ab. »Ich … ich wollte die Fanni besuchen. Oder brauchst du mich heute?«

»Nein, nein, geh nur. Ihr habt euch lange nicht gesehen. Ich komme schon allein zurecht.«

»Sicher?«

»Ganz sicher, meine Liebe. Mach dir keine Sorgen. Es wird alles gut werden, wir haben doch uns.« Er kam hinter dem Tresen vor und legte ihr eine Hand auf die Wange. »Danke.«

»Wofür bedankst du dich?«

»Dass du mich gezwungen hast zurückzukommen. Es wird alles wieder gut werden, ich verspreche es dir.«

»Ja, ich weiß.« Marie setzte ihren Hut auf und verließ rasch das Geschäft.

Die Buchhandlung der Familie Gold, direkt am Wiener Graben, war umgeben von anderen Traditionsgeschäften und zehnmal so groß wie ihre kleine Vorstadtbuchhandlung in Währing. Normalerweise waren immer viele Kunden in der Buchhandlung. Auch berühmte Leute kauften bei den Golds ein; Politiker, Schauspieler, Dichter gingen ein und aus. Doch mittlerweile war auch hier der Krieg angekommen, alle hatten weniger Geld, und die, die noch genug hatten, hatten keinen freien Kopf zum Lesen.

Noch vor einem halben Jahr war Marie sich wie ein kleines Mädchen vorgekommen, wenn sie das Geschäft betreten hatte, doch heute schob sie den Kinderwagen selbstbewusst durch die Tür. Die verkaufen auch einfach Bücher, genau wie wir, nur halt ein bisschen mehr, dachte sie, und ließ ihren Blick über die Regale wandern.

»Wie kann ich helfen, gnä' Frau?«

Immer noch war Marie ein wenig irritiert, wenn sie jemand mit »gnä' Frau« anredete. Dabei war sie doch eine! Zumindest äußerlich. Das Kleid hatte ihre Nachbarin für sie genäht, aus einem aufgetrennten Kleid der verstorbenen Schwiegermutter. Es war zwar gebraucht, sah aber aus wie neu. Den Hut hatte sie von Fanni zum Geburtstag bekommen. Wahrscheinlich kostete er so viel, wie Marie damals als Kindermädchen in einem Monat verdient hatte. Sie war verheiratet, hatte einen Sohn und betrieb zusammen mit ihrem Mann eine Buchhandlung. Als er an der Front gewesen war, hatte sie den Laden sogar ganz allein geführt. Es war also nur recht, dass der Angestellte im großen Geschäft sie mit »gnä' Frau« ansprach.

»Grüß Gott. Ich möchte gerne zu Frau Gold. Ist sie da?«

»Ja, sie ist oben im Büro. Wen darf ich melden?«

»Marie Novak.«

»Gut, Frau Novak, ich komme gleich wieder.«

Der Angestellte legte die Bücher, die er gerade in seinen Händen hielt, auf einen Tisch, und Marie unterdrückte den Impuls, den Stapel gerade zu rücken. Fast musste sie lachen, aus ihr war schon eine richtige Buchhändlerin geworden. Und plötzlich schien es ihr wichtig, dass dieser ältere graue Herr, der hier Bücher hin und her schlichtete, wusste, dass sie nicht einfach nur eine »gnädige Frau« war, sondern eine Kollegin. Sie nahm das oberste in die Hand und strich über den Umschlag.

»Haben Sie ihn schon gelesen?«

»Pardon?« Der Buchhändler hatte sich gerade abgewandt und drehte sich jetzt wieder zu ihr um.

»Na, den neuen Gustav Meyrink? *Der Golem*? Wie finden Sie ihn denn? Sie sind doch hier Buchhändler, oder?«

»Äh, ja, selbstverständlich. Ich bin gestern Abend damit fertig geworden, und ich muss sagen, na ja, ein bisschen seltsam, fast gruselig. Ich meine, sehr spannend und unheimlich, ich konnte gar nicht aufhören zu lesen.«

»Ja, genauso ging es mir auch. Bemerkenswert ist schon, woher dieser Meyrink seine Fantasie hat. So etwas muss einem erst mal einfallen.«

»Tja, da haben Sie recht.«

»Mein Mann hat gesagt, der war bis vor Kurzem noch Kaufmann, so wie wir, und plötzlich über Nacht wird er zum Schriftsteller?«

Fritzi hatte in seinem Wagen zu weinen begonnen, und Marie nahm ihn auf den Arm. Sofort hörte er auf, blickte sich neugierig um, und der Buchhändler lachte: »Na, das wird wohl der Nachwuchs. Sehen Sie nur, wie interessiert er schaut.«

»Na ja, er ist schließlich ein Buchhändlersohn.« Marie versuchte, ihre Stimme nicht allzu stolz klingen zu lassen, der ältere Kollege lächelte ihr wissend zu und verschwand über die kleine Treppe, die vom hinteren Bereich der Buchhandlung nach oben in die Büroräume führte.

»Meine Liebe! Was machst du denn hier? Und der kleine Fritzi ist auch da.« Fanni eilte die Stiege hinunter, nahm Marie das Kind ab und drückte es an sich. Friedrich grinste sie zahnlos an und griff mit seinen Händchen in ihre Haare.

»Aua, du Unhold«, lachte Fanni. »Hat dir keiner gesagt, dass man so keine jungen Damen rumkriegt?«

»Entschuldige, dass ich dich störe, so mitten unter der Woche. Du hast sicher viel zu tun.«

»Ach, ich freue mich, mein Vater und ich versuchen gerade, uns den katastrophalen Umsatz schönzureden.«

»Ja, bei uns ist auch so wenig los. Wer braucht schon Bücher in Zeiten wie diesen? Ist dein Vater oben?«

»Ja, willst du ihn besuchen? Jetzt bin ich aber beleidigt, ich dachte, du kommst zu mir.«

»Ja, eh. Aber ich glaube, wir brauchen ihn auch.«

»Du bist heute aber geheimnisvoll. Na gut, gehen wir rauf, er freut sich sicher, dich zu sehen.«

Der alte Gold sprang von seinem Schreibtischsessel auf, als die beiden Frauen das Büro betraten. »Welch eine Freude, dich zu sehen, Marie! Wie geht es dir? Dünn bist du geworden, esst ihr genug? Wie geht es Oskar?«

Wie immer, wenn Marie den alten Herrn sah, durchströmte sie ein Gefühl von Wärme. Er war so ein gütiger, lieber Mensch, und ohne seine Hilfe hätte sie die Monate, nachdem Oskar eingezogen worden war, wohl nicht überstanden. Schließlich hatte sie kaum Zeit gehabt, sich einzuarbeiten, und als Oskar fort war, trug sie plötzlich die Verantwortung für das Geschäft. Herr Gold hatte ihr damals einen pensionierten Kollegen vermittelt, der Marie unterstützte – ehrenamtlich, wie er immer betonte –, doch Marie wusste, dass er von der Familie Gold bezahlt wurde. Die Buchhandlung Gold übernahm auch den gesamten Einkauf der neuen Bücher, die dann fix und fertig zu Marie nach Währing geliefert wurden,

»Gut geht's uns, danke!«

»Na, das klingt aber recht verzagt. Was ist los, kann ich helfen?«

»Du hast uns schon so viel geholfen, Jakob. Ich trau mich gar nicht, dich um noch etwas zu bitten.« Immer noch kam es Marie unerhört vor, den alten Mann mit seinem Vornamen anzusprechen, aber er hatte immer wieder darauf gedrängt und ihr lachend angedroht, nicht mehr mit ihr zu sprechen, wenn sie ihn weiterhin siezte.

»Raus damit, mein Mädchen. Du weißt, ich stehe immer in

deiner Schuld. Schließlich warst du es, die mir meine Tochter wieder zurückgebracht hat.«

»Ach, das stimmt doch nicht. Die wäre auch allein wiedergekommen.«

»Da bin ich mir nicht so sicher, oder, Fanni?«

»Ach, die Marie war schon ein guter Grund, wieder ins Leben zurückzukehren.«

Wenn man Fanni so ansah, konnte man sich kaum vorstellen, dass sie noch vor ein paar Monaten in einer Anstalt gewesen war und man nicht genau gewusst hatte, ob sie den Schritt in ein normales Leben wieder schaffen würde. Gut sah sie aus, ihre Augen leuchteten, die Haare sprangen aus ihrem lockeren Zopf, und obwohl sie alle in diesen schlechten Zeiten zu blass und zu dünn waren, sah Fanni lebensfroh aus. Und vor ein paar Wochen hatte sie angedeutet, dass sie sich eventuell verliebt hatte, doch Marie traute sich nicht nachzufragen. Dass Fanni keinen Mann suchte, sondern die Gesellschaft von jungen Damen bevorzugte, war für Marie trotz aller Verbundenheit unvorstellbar.

»Also, Marie, wie kann ich dir helfen?« Jakob deutete auf den einen freien Sessel, doch Marie blieb stehen.

»Also, der Oskar ist ja jetzt schon ein paar Wochen zu Hause.«

»Ja, wie geht es seiner Schulter?«

»Seiner Schulter geht's gut. Das ist ja das Problem.«

»Wie meinst du das?« Der alte Gold lachte auf.

»Na ja, sie ist so gut wie geheilt, und jetzt hat der Oskar Angst, dass er wieder an die Front muss.«

»Verstehe. Das ist vermutlich auch nicht unrealistisch. Die ziehen alles ein, was zwei Beine hat. Ich kann von Glück reden, dass sie mich alten Zausel nicht holen.«

»Ja, aber er kann nicht mehr an die Front!« Maries Stimme wurde unwillkürlich laut, Jakob und Fanni Gold sahen sie erstaunt an, das Baby auf Fannis Arm begann zu weinen.